이반 일리치의 죽음

Смерть Ива́на Ильича́

이반 일리치의 죽음

레프 톨스토이 지음 | 이상원 옮김

레프 니콜라예비치 톨스토이(1828~1910)는 19세기 러시아를 대표하는 문호이자 철학자, 사상가다. 러시아 남부 야스나야 폴랴나에서 백작 집안의 넷째 아들로 태어났다. 1844년 16세의 나이로 대학에 입학했으나 3년 만에 중퇴했다. 이후 몇 년 동안 방탕하게 생활하다가 1851년 형과 함께 자원입대했다. 이듬해 작품 활동을 시작해 작가로서 주목받기 시작했다. 농업에 관심을 기울이던 톨스토이는 1859년 농민학교를 세웠다. 1862년에 결혼한 후로 문학에 전념했다.

초기에는 사실주의적 서사를 바탕으로 한 자전적 소설과 단편을 발표했고, 이후 대표작인 《전쟁과 평화》(1869)와 《안나 카레니나》(1877)를 통해 역사, 윤리, 인간 내면에 대한 놀라운 통찰을 보여줬다. 특히 그는 러시아 사회의 귀족과 농민, 남성과 여성, 종교와 도덕의 긴장을 입체적으로 그려냄으로써 인간 존재의 복잡성을 정직하게 탐구했다.

1880년대에 들어서는 도덕적·종교적 회의에 시달리며 정신적 위기를 겪었다. 당시 그는 러시아 정교회와 국가 권력을 비판하며 갈등을 빚었으나, 《이반 일리치의 죽음》(1886)과 《크로이처 소나타》(1889)를 통해 문학적 성취를 이루기도 했다. 그는 노동과 자발적 청빈을 중심으로 한 새로운 윤리적 삶을 주창했다. 이러한 사상은 《부활》(1899) 등 톨스토이의 후기 작품에 뚜렷이 반영되었고, 이는 러시아 정교회가 그를 파문하는 까닭이 되기도 했다.

재산 소유권과 작품 저작권을 두고 가족과 마찰을 빚던 톨스토이는 자택을 떠난 지 열흘 만에 간이역에서 영면했다.

차례

일러두기
- 이 책의 맞춤법은 '한글 맞춤법'의 허용 기준을 따르는 것을
  원칙으로 하였다.

이반 일리치의 죽음

1

커다란 법원 건물에서 멜빈스키 사건을 심리하던 판사와 검사들은 휴정 시간에 이반 예고로비치 셰베크의 집무실에 모여 이야기를 나누다가 세간의 화제인 크라소프스키 사건에 이르렀다. 표도르 바실리예비치는 이 사건이 법원 심리 대상이 아니라며 열을 올렸고 이반 예고로비치는 나름의 의견을 고수했다. 표트르 이바노비치는 처음부터 논쟁에 끼지 않은 채 방금 배달된 신문 《베도모스치》를 훑어보았다.

"아, 여러분! 이반 일리치가 죽었군요." 그가 말했다.

"정말입니까?"

"자, 읽어보세요." 그가 표도르 바실리예비치에게 아직 잉크 냄새가 가시지 않은 신문을 내밀었다.

까만 테두리가 쳐진 부고란에는 다음과 같은 내용이 적혀 있었다. '프라스코비야 표도로브나 골로비나는 사랑하는 남편인 이반 일리치 골로빈 판사가 1882년 2월 4일에 운명했음을 비통한 마음으로 지인 및 친지들께 알립니다. 발인은 금요일 오후 1시입니다.'

이반 일리치는 그 자리에 모인 이들의 동료였고, 모두가 그를 사랑했다. 그는 벌써 몇 주째 병석에 누워 있었고 회복이 어렵다는 소문이 돌던 참이었다. 공석으로 두었던 자리는 그가 사망하면 알렉세예프가 차지하고 알렉세예프의 자리는 빈니코프나 시타벨에게 넘어가리라고 짐작하고 있었다. 그리하여 부고를 접하자마자 그들 머릿속에 떠오른 생각은 이 죽음이 자신이나 지인들의 인사이동 혹은 승진에 어떤 영향을 미칠 것인가였다.

'시타벨이나 빈니코프 자리는 분명 나한테 오겠지.' 표도르 바실리예비치가 생각했다. '오래전부터 약속된 자리였으니까. 승진하면 새 사무실이 생기고 연봉도 800루블은 오르겠군.'

'처남이 칼루가에서 옮겨올 수 있도록 부탁해야겠어.' 표트르 이바노비치가 생각했다. '집사람이 기뻐하겠군. 내가 처가 식구를 위해 하는 일이 아무것도 없다는 말은 이제 절대 못 할 거야.'

"회복하기 어려울 거라 생각하긴 했지만 참 안타깝군요." 표트르 이바노비치가 말했다.

"병명이 대체 뭐였습니까?"

"의사들도 진단을 내리지 못했답니다. 아니, 진단을 하긴 했는데 의사마다 달랐다더군요. 마지막으로 보았을 때는 머지않아 회복할 것 같았는데 말입니다."

"저는 명절 이후로 가보지 못했습니다. 가려고 생각만 했네요."

"헌데 재산은 좀 있답니까?"

"아마 부인 몫으로 조금 있는 모양입니다. 얼마 안 되는 액수로요."

"어찌 되었든 한번 가봐야겠습니다. 그런데 그분이 워낙에 먼 곳에 사셔서."

"그 댁에서 간다면 멀죠. 어딜 가시든 멀지 않습니까."

"제가 강 너머 사는 게 영 못마땅하신 모양입니다." 표트르 이바노비치는 이반 예고로비치에게 웃으며 응수했다. 이들은 시내의 이동 거리 이야기를 조금 나누다가 법정으로 되돌아갔다.

부고를 접한 동료들이 이후 이어질 인사이동이나 보직 변경의 가능성만 떠올리지는 않았다. 가까이 지내던 이의 죽음은 늘 그렇듯이 자신이 아니라 그 사람이 죽어서 다행이라는 안도감을 불러일으켰다.

'죽은 건 애석하지만 어쨌든 난 아니니까.' 겉으로 말하지는 않았지만 모두 내심 이렇게 생각했다. 이와 함께 이반 일리치와 가까이 지냈던 동료들, 이른바 그의 친구들은 하는 수 없이 조문을 가고 유족에게 조의를 표해야 하는, 몹시 지루한 의무를 바로 떠올렸다.

그들 가운데 표도르 바실리예비치와 표트르 이바노비치는 고인과 특히 가까웠다.

표트르 이바노비치는 법률학교에서 함께 공부했던 사이로, 이반 일리치에게 신세를 많이 졌다고 생각했다.

그는 집으로 돌아가 식사를 하면서 아내에게 이반 일리치의 사망 소식을 전하고, 어쩌면 처남을 이쪽 지역으로 불러올 수도 있을 것 같다고 말했다. 그리고 누워서 쉬는 대신 예복으로 차려입고 이반 일리치 집으로 갔다.

도착한 집 앞에는 사륜마차 한 대와 이륜마차

두 대가 서 있었다. 현관으로 들어가니 외투걸이 옆으로 금박 레이스와 술로 장식된 번쩍이는 관 뚜껑이 벽에 기대서 있었다. 검은 옷을 입은 부인 두 명이 외투를 벗는 참이었다. 한 명은 이반 일리치의 누이로 아는 얼굴이었고 다른 한 명은 모르는 사람이었다. 표트르 이바노비치의 동료인 시바르츠가 위층에서 내려오다가 막 집으로 들어서는 그를 보더니 멈춰서 눈을 찡긋해 보였다. '이반 일리치는 허망하게 종말을 맞았지만 우리는 그와 다르지요.'라고 말하는 듯했다.

연미복을 입고 영국식 턱수염을 기른 시바르츠의 맵시 있는 모습은 늘 그렇듯 세련되고 근엄한 분위기를 풍겼다. 그 근엄함은 시바르츠의 경박한 성품과 완전히 반대되는 것이었지만 이 자리에서만큼은 제법 그럴싸하다고 표트르 이바노비치는 생각했다.

표트르 이바노비치는 부인들이 먼저 지나가도록 비켜섰다가 천천히 뒤따라 계단을 올랐다.

시바르츠는 내려오지 않고 위쪽에 서 있었다. 오늘 밤의 카드 게임을 어디서 해야 할지 의논하려는 게 분명했다. 부인들은 계단을 지나 미망인이 있는 방으로 향했다. 시바르츠는 짐짓 심각한 얼굴로 입을 꾹 다물고 있었으나 장난스러운 눈길은 감추지 못했다. 그는 눈썹을 씰룩여 고인이 안치된 오른쪽 방을 가리켰다.

표트르 이바노비치는 이런 자리에서 늘 그러하듯이 방 안에서 무엇을 어떻게 해야 할지 몰라 다소 혼란스러웠다. 다만 이 같은 상황에서 성호를 그어서 나쁠 게 없다는 사실만큼은 확실했다. 허리 굽혀 인사까지 해야 하는지는 확신할 수 없었으므로 절충안을 택하기로 했다. 인사하듯 살짝 상체를 숙이고 성호를 그으며 방으로 들어섰다. 손과 머리의 움직임이 허락하는 한에서 방을 훑어보았다. 조카인 듯한 청년 둘이 성호를 그은 다음 방을 나서는 중이었다. 노파 한 명은 못 박힌 듯 한 자리를 지켰다. 눈썹이 괴상하게 치켜

올라간 부인이 노파에게 무언가 속삭였다. 예복을 입은 건장한 부제(副祭)는 어떤 이견도 허용할 수 없다는 듯 단호한 표정을 하고서 큰 소리로 무언가 읽고 있었다. 주방 하인 게라심이 표트르 이바노비치 앞을 천천히 지나가면서 바닥에 무언가를 뿌렸다. 그 모습을 보니 시신 썩는 냄새가 얼핏 느껴졌다. 이반 일리치를 마지막으로 만났던 날, 서재에서 그 하인을 본 적 있었다. 이반 일리치는 자신을 충실하게 돌봐주는 게라심을 각별히 여기는 듯했다. 표트르 이바노비치는 연신 성호를 그으며 관과 부제, 구석 탁자에 놓인 성상의 중간쯤을 향해 가볍게 허리를 굽혔다. 그러다 성호를 너무 오래 긋고 있었다는 생각이 들었고 가만히 서서 고인을 바라보기 시작했다.

죽은 사람이 늘 그렇듯 고인도 몸을 묵직하게 누이고 있었다. 뻣뻣해진 사지가 관 바닥 천에 푹 잠겼고 두 번 다시 들지 못할 머리는 베개로 받쳐두었다. 누런 밀랍색 이마, 움푹 들어간 관자놀이, 윗입술을 내리누를 듯 솟아오른 코도 여느 고인들과 같았다. 표트르 이바노비치가 마지막으로 보았을 때보다 더 여위어 외모가 많이 달라졌지만 망자들이 으레 그렇듯 살아 있을 때보다 더 아름답고 진중한 얼굴이었다. 해야 할 일을 다 했고, 또 제대로 해냈다는 기색이었다. 또한 산 사람들을 향한 질책과 경고도 읽을 수 있었다. 표트르 이바노비치에게 그 경고는 부적절하게, 최소한 자신과는 무관하게 여겨졌다. 왜인지 불쾌하다고 느낀 그는 다시 한번 서둘러 성호를 긋고 스스로 생각하기에도 품위 없어 보일 정도로 휙 몸을 돌려 방문을 나섰다. 복도에서는 시바르츠가 다리를 벌리고 선 채 뒷짐 진 손으로 실크해트를 만지작거리며 그를 기다리는 중이었다. 말쑥하고 우아하면서도 장난기 넘치는 시바르츠를 보는 것만으로도 표트르 이바노비치는 기분이 한결 가벼워졌다. 시바르츠는 마음을 울적하게 만드는 그 어떤 상황에도 초연한 사람이었다. 그의 표정은 '이반 일리치의 추도식이라고 할지라도 우리 모임의 관행을 깨뜨릴 만한 사유는 절대 아닙니다. 그러니까 오늘 저녁 하인이 새 양초 네 개를 가져다 세워놓을 때 우리가 새 카드 한 벌을 뜯어서 섞는 걸 방해할 일은 없다는 이야깁니다. 오늘 저녁의 유쾌한 시간을 포기할 필요는 전혀 없지요.'라고 말하고 있었다. 그는 표트르 이바노비치에게 귓속말로 한판 벌이기로 했으니 표도르 바실리예비치 집으로 오라고 속삭였다. 하지만 표트르 이바노비치는 그날 카드놀이를 할 운명이 아닌 모양이었다. 이반 일리치의 아내로 작달막하고 통통한, 날씬해 보이려 온갖 애를 썼지만 검은 상복의 어깨 아래로 살집이 드러나는, 아까 관 옆에 있던 부인과 똑같이 괴상하게 치켜 올라간 눈썹이 검은 베일에 비쳐 보이는 프라스코비야 표도로브나가 문상 온 부인들을 배웅하러 나오다가 "추도식이 시작

됩니다. 들어오세요."라고 말한 것이다.

시바르츠는 동의도 거절도 하지 않는다는 듯 꼼짝 않고 서서 어정쩡하게 목례했다. 프라스코 비야 표도로브나는 표트르 이바노비치를 알아 보고는 반색하면서 다가와 손을 맞잡았다.

"이제 알아보았네요. 남편의 친우분께서 오셨 군요."

그리고 친우에 걸맞은 행동을 기대한다는 듯 그를 바라보았다.

아까 방 안에서는 성호를 그어야 했다면 지금 은 부인의 손을 마주 잡고 한숨을 쉰 뒤 "그렇고 말고요!"라고 말해야 하는 상황이었다. 그는 그 렇게 했다. 그 행동은 바라던 대로의 결과로 이 어졌다. 표트르 이바노비치 자신과 부인 모두 감 동했던 것이다.

"추도식을 시작하기까지는 시간이 있으니 이 쪽으로 오세요. 말씀을 좀 나누었으면 합니다. 제가 팔을 잡고 걸어도 될까요?" 부인이 말했다.

표트르 이바노비치가 팔을 내밀었다. 두 사람은 안쪽의 다른 방으로 향했다. 시바르츠는 자기 앞을 지나치는 표트르 이바노비치에게 '카드놀이는 끝이군요. 우리가 다른 사람을 불러와도 원망 마십시오. 뭐, 빠져나올 수 있다면 다섯이 해도 좋겠지요.'라고 말하는 듯 눈짓을 보냈다.

표트르 이바노비치는 더 깊고 슬프게 한숨을 쉬었고 프라스코비야 표도로브나는 고맙다는 표정으로 그의 팔을 붙잡았다. 그들은 장밋빛 크레톤 천으로 꾸며진 어두침침한 응접실로 들어가 탁자 앞에 마주 앉았다. 부인은 소파에, 표트르 이바노비치는 등받이 없는 간이 의자에 앉았는데, 의자 용수철이 망가져서 이리저리 삐걱이는 바람에 영 불편했다. 부인은 다른 의자를 권하려다가 상을 치르는 처지에 그런 배려까지 하는 게 적절하지 않아 보여 그만두었다. 표트르 이바노비치는 이반 일리치가 그 응접실을 꾸미면서 초록 잎사귀가 그려진 장밋빛 크레톤 천이

어울리겠느냐고 의견을 물어보던 일이 생각났다. 부인은 소파에 앉으면서 검은 상복의 까만 레이스가 그만 탁자 장식에 걸리고 말았다. (응접실 안이 온갖 물건과 가구로 가득 차 움직일 공간이 부족했던 것이다.) 레이스를 빼주려고 표트르 이바노비치가 슬쩍 몸을 일으키자 무게에서 해방된 의자 용수철이 부르르 움직이며 그를 밀어냈다. 부인이 직접 레이스를 빼내기 시작했으므로 그는 부풀어오른 의자를 내리누르며 다시 앉았다. 하지만 부인이 레이스를 제대로 빼내지 못하는 모습을 보고 다시 일어났더니 이번에는 의자가 부르르 움직이다못해 끽끽거리는 소리까지 냈다. 마침내 레이스 문제가 해결되자 부인은 깨끗한 면 손수건을 꺼내 들고 울기 시작했다. 레이스와 의자를 상대하느라 신경이 분산된 표트르 이바노비치는 얼굴을 찌푸리고 잠자코 앉아 있었다. 어색한 상황은 이반 일리치의 집사인 소콜로프가 들어와 부인이 점찍은 묫자리 값이

200루블이라고 알리면서 끝났다. 부인은 울음을 그치고 처량한 얼굴로 표트르 이바노비치를 바라보더니 프랑스어로 견디기 힘들다고 말했다. 표트르 이바노비치는 어쩔 수 없는 처지를 이해한다는 듯, 말없이 고개를 끄덕였다.

"담배라도 한 대 피우시지요." 부인이 관대하면서도 서글픈 목소리로 권하고는 집사와 함께 묫자리 가격을 의논하기 시작했다. 표트르 이바노비치는 담배를 피우며 부인이 여러 자리의 값을 확인하고 신중하게 하나를 고르는 과정을 지켜보았다. 묫자리를 결정하고 나서 성가대에 대해서도 지시를 내렸다. 용건을 마친 소콜로프가 응접실을 떠났다.

"이렇게 제가 직접 다 일을 본답니다." 탁자 위의 앨범들을 한쪽으로 밀어놓으며 프라스코비야 표도로브나가 말했다. 담뱃재가 탁자에 떨어지기 직전이라는 걸 눈치채고는 지체 없이 재떨이를 밀어주기도 했다. "너무 슬퍼서 할 일을 처리하지 못한다는 건 다 거짓말이더라고요. 차라리 그이를 위한 일을 하는 편이 마음을 추스르게 도움을 주네요. 위로까지는 아니더라도요."

부인은 다시 울려는 듯 손수건을 꺼냈지만 마음을 바꾼 모양인지 고쳐 앉았고 침착하게 입을 열었다.

"실은 의논드리고 싶은 일이 있어요."

표트르 이바노비치는 엉덩이 밑에서 제멋대로 삐걱대는 의자 용수철을 잘 누르려 애쓰면서 고개를 끄덕였다.

"마지막 며칠 동안 그이는 끔찍한 고통을 당했답니다."

"고통이 심했군요?"

"말도 마세요. 마지막에는 몇 시간 동안 쉬지 않고 비명을 질렀어요. 사흘 밤낮 내내 그렇게 비명을 지르니 도저히 참기 어려운 수준이었어요. 제가 어떻게 견뎠는지 저도 모르겠어요. 방문 세 개를 지나도 들릴 정도였거든요. 아, 정말 어떻게 견뎌냈는지!"

"의식은 있었습니까?"

"네. 마지막 순간까지 의식이 있었어요." 부인
이 속삭였다. "임종하기 15분 전에 우리와 작별
인사를 하고 아들을 데리고 나가달라고 당부할
정도로요."

해맑은 소년으로, 함께 공부한 학생으로, 이후
직장 동료로 오래 보며 가까이 지냈던 사람이 그
렇게 고통받았다고 생각하자 자신과 부인이 꾸
며내고 있는 불쾌한 위선에도 불구하고 표트르
이바노비치는 오싹한 공포를 느꼈다. 고인의 이
마, 그리고 윗입술을 내리누르는 코가 다시 떠오
르면서 덜컥 겁이 나기도 했다.

'사흘 밤낮 동안 끔찍하게 괴로워하다 죽었
다고. 그건 내게도 언제든 바로 닥칠 수 있는 일
이구나.'라는 생각에 순간 소름이 끼쳤다. 하지
만 다음 순간 이건 이반 일리치에게 일어난 일일
뿐, 표트르 이바노비치 자신에게는 일어날 수도

없고 일어나서도 안 되는 일이라는 지극히 평범한 생각이 그를 구해주었다. 아까 시바르츠가 표정으로 보여주었듯 괜한 울적함에 빠져버릴 필요는 전혀 없었다. 마음이 정리되자 한결 편안해진 그는 이반 일리치의 죽음과 관련해 세세한 질문을 던지기 시작했다. 마치 죽음이란 것이 자신과는 무관하고 오직 이반 일리치만이 겪는 모험이라도 된다는 투였다.

이반 일리치가 겪은 끔찍한 고통을 상세히 알려준 끝에 (실상 표트르 이바노비치가 상세히 알게 된 것은 이반 일리치의 고통이 프라스코비야 표도로브나의 신경을 얼마나 날카롭게 만들었는지였다.) 드디어 프라스코비야 표도로브나는 본론으로 들어갈 기회를 잡았다.

"표트르 이바노비치, 정말 힘들군요. 이렇게 힘들 수가 없어요, 이렇게." 부인이 다시 울음을 터뜨렸다.

표트르 이바노비치는 한숨을 쉬며 부인이 코

를 풀고 진정할 때까지 기다렸다. 그리고 부인이 코를 풀고 나자 "얼마나 힘드시겠습니까."라고 맞장구쳤다.

부인은 다시 이런저런 하소연을 늘어놓은 뒤 마침내 가장 중요한 용건을 꺼냈다. 남편의 사망으로 국가에서 어떤 지원을 받아낼 수 있는가 하는 문제였다. 부인은 표트르 이바노비치에게 연금에 관련해서 조언을 구하는 척했다. 하지만 그는 부인이 이미 세세한 부분까지, 심지어 표트르 이바노비치 자신이 모르는 내용조차 훤히 안다는 것을 눈치챘다. 부인은 이런 경우에 국가의 돈을 얼마나 받을 수 있을지 다 알면서도 혹시나 조금이라도 더 많이 타낼 방법은 없을지 알고 싶어했다. 표트르 이바노비치는 뭔가 다른 방법을 고민하는 척하다가 정부의 인색함을 비난하면서 그 이상의 금액은 어려울 것 같다고 말해주었다. 부인이 한숨을 내쉬었다. 이제는 눈앞의 손님으로부터 벗어날 방법을 궁리하기 시작했다는 게 분명했다. 그는 담뱃불을 끄고 자리에서 일어서 부인의 손을 잡고 위로한 뒤 응접실에서 빠져나왔다.

표트르 이바노비치는 이반 일리치가 골동품 가게에서 무척 좋아하며 사들인 시계가 걸린 식당에서 사제, 추도식에 온 몇몇 지인들을 만났다. 전부터 알고 있던 아름다운 딸도 있었다. 검은 상복으로 온몸을 가린 딸의 가느다란 허리는 오늘따라 한층 가늘어 보였다. 딸은 침통하면서도 단호한, 거의 분노하는 모습이었다. 표트르 이바노비치를 보더니 뭔가 책임이라도 묻는 듯한 태도로 인사했다. 딸 뒤로 비슷하게 못마땅한 표정을 한 청년이 서 있었는데 그는 표트르 이바노비치도 안면이 있는 부유한 예심판사로, 딸의 약혼자라고 들은 바 있었다. 표트르 이바노비치가 그들에게 침통한 표정으로 인사를 하고 고인이 안치된 방으로 가려 할 때 계단 아래쪽에서 섬뜩할 정도로 아버지를 빼닮은 중학생 아들이

나타났다. 표트르 이바노비치가 기억하는 법률
학교 시절의 이반 일리치 그대로였다. 울어서 퉁
퉁 부은 눈이 열서너 살의 소년, 더 이상 순진하
지만은 않은 때의 전형적인 눈이었다. 표트르 이
바노비치를 보자 아들은 표정을 굳히고 창피하
다는 듯 얼굴을 찡그렸다. 표트르 이바노비치는
고개를 끄덕여주고 고인이 안치된 방으로 들어
갔다. 추도식이 시작되었다. 촛불, 흐느낌, 향 냄
새, 눈물과 탄식의 시간이었다. 표트르 이바노비
치는 얼굴을 찌푸린 채 자기 발끝만 내려다보았
다. 단 한 번도 고인을 바라보지 않았다. 그 어떤
순간에도 무너지지 않도록 마음을 다잡다가 제
일 먼저 자리를 뜨는 사람들 틈에 끼어 방을 나
섰다. 현관에는 아무도 없었다. 주방 하인 게라
심이 뛰어나와 억센 손길로 옷걸이에 걸린 외투
들 틈에서 표트르 이바노비치의 옷을 찾아 내밀
었다.

"그래, 어떤가, 게라심?" 뭐든 말해야 할 것 같

아 표트르 이바노비치가 입을 열었다.

"다 신의 뜻입니다요. 모두가 결국 거기 가야 하지 않습니까요." 게라심이 희고 가지런한 이를 드러내 보이며 말했다. 그리고 바삐 일하는 사람답게 힘차게 현관문을 열고 큰 소리로 마부를 불러 표트르 이바노비치를 태웠다. 그러고는 곧바로 다음 일을 해야 한다는 듯 휙 뒤돌아섰다.

향 냄새, 시신 냄새, 석탄산 냄새에 둘러싸여 있다가 신선한 공기를 마시니 몹시 상쾌했다.

"어디로 모실까요?" 마부가 물었다.

"아직 안 늦었군. 표도르 바실리예비치 댁으로 가세."

표트르 이바노비치는 출발했다. 도착해 보니 첫 번째 판이 막 끝난 참이었다. 다섯 명이 새 게임을 시작하기에 딱 좋았다.

2

이반 일리치가 보낸 삶은 가장 단순하고 평범한
것, 그리하여 가장 끔찍한 것이었다.

　이반 일리치는 마흔다섯 살에 고등 법원 판사
로 죽었다. 그는 관리의 아들이었다. 페테르부르
크의 여러 부처에서 재직한 끝에 그 어떤 핵심
직무도 수행할 능력이 없음이 분명하지만 그럼
에도 오랜 경력과 직급 덕분에 쫓겨날 수 없는,
그리하여 있으나 마나 한 자리를 차지했으되 있
으나 마나 하지는 않은 6,000루블에서 10,000루블에 이르는 급여를 받으며 노후까지 먹고살 수 있는 유형의 관리 말이다.

이반 일리치의 아버지인 3등 문관 일리야 예피모비치 골로빈은 그렇게 쓸모없는 다양한 기관에서 쓸모없는 자리들을 차지하던 인물이었다.

자식은 아들 셋에 딸이 하나 있었고, 이반 일리치는 둘째 아들이었다. 장남은 부처만 다를 뿐 아버지와 똑같은 길을 갔고 이제는 그저 타성적으로 높은 봉급을 받아가는 근속 연수에 이르고 있었다. 막내아들은 인생이 제대로 풀리지 않았다. 여러 자리를 전전하며 실패를 거듭하다 지금은 철도 관련 일을 하고 있는데, 아버지와 형제들, 특히 형수들은 막내를 만나기를 꺼렸고 어쩔 수 없는 상황이 아니면 그 존재조차 기억하려 하지 않았다. 누이는 아버지처럼 페테르부르크의 관리로 재직하는 그레프 남작에게 시집을 갔다. 이반 일리치는 집안의 자랑인 아들이었다. 형처럼 너무 냉정하거나 계산적이지도, 동생처럼 대

책 없지도 않았다. 형과 동생의 중간쯤으로, 똑똑하고 활발하고 유쾌하고 예의 바른 인물이었다. 그는 동생과 함께 법률학교에 다녔다. 동생은 학업을 끝마치지 못하고 5학년 때 쫓겨났지만 이반 일리치는 우수한 성적으로 졸업했다. 법률학교 학생 시절의 그는 이후 평생 동안 변함없던 바로 그런 모습이었다. 유능하고 상냥하고 사교적인 동시에 자기 의무라 생각하는 일을 철저히 해냈다. 그가 생각하는 자신의 의무란 높은 지위의 사람들이 그렇다고 여기는 모든 것이었다. 어릴 때나 성인이 되어서나 아첨하는 유형은 아니었지만, 그는 하루살이가 빛에 끌리듯 최상위층 인물들에게 끌렸고 그들의 행동거지와 인생관을 배우며 친밀한 관계를 맺었다. 어린 시절과 청년기에 그를 사로잡았던 것들은 인생에 별 흔적을 남기지 않고 지나갔다. 욕망도, 허영심도, 졸업 직전에 빠졌던 자유주의도 그 자신이 적절하다고 느끼는 한도를 벗어나지 않았다.

법률학교 시절에 그는 매우 추악한, 어떻게 그럴 수 있었는지 자괴감을 느끼게 하는 짓을 저질렀다. 하지만 이후 고위층 사람들도 그런 행동을 거리낌 없이 한다는 것을 알게 되자 생각이 바뀌었다. 훌륭한 행동이었다고는 할 수 없으나 그냥 다 잊어버리기로, 괜히 떠올려 괴로워하지 않기로 한 것이다.

법률학교를 졸업하며 10등 문관이 된 이반 일리치에게 아버지는 제복을 마련하라고 돈을 주었다. 그는 샤르메르 양복점에서 제복을 맞추고 라틴어로 '끝을 생각하라'라고 새긴 메달을 달았다. 은사인 공작에게 작별 인사를 하고 고급 레스토랑에서 친구들과 식사를 즐겼다. 그리고 최고급 상점들을 돌며 주문한 속옷, 의류, 세면용품, 여행용 담요를 최신식 여행 가방에 챙겨 들고 지방으로 떠났다. 아버지가 현지사 특임 보좌관 자리를 연결해 주었던 것이다.

낯선 지방에서도 이반 일리치는 곧 법률학교

시절처럼 편안하고 기분 좋게 자신의 입지를 다졌다. 업무를 해나가면서 즐겁고 품위 있는 삶을 누렸다. 가끔 지시에 따라 군(郡) 지역으로 출장을 갈 때면 상대의 지위가 높든 낮든 예의 바른 태도를 보였다. 그의 주요 업무인 분리파 교도 관련 업무에 있어서는 스스로도 자랑스럽게 여길 정도로 정확하고 공정하게 일을 처리했다.

그는 젊었고 유쾌한 놀이를 좋아했지만 업무에 있어서는 극히 신중했고 공과 사를 구분했으며 단호하기까지 했다. 반면 사교 모임에서는 장난기와 재치가 넘치면서도 친절하고 다정하게 처신했다. 현지사 부부는 그를 가족처럼 아꼈다.

이처럼 세련된 법조인에게 다가온 여러 부인 중 한 명과 깊은 관계가 되기도 했다. 모자 가게 여사장과도 염문이 있었다. 시종무관들이 출장을 오면 술대접하고 멀찌감치 원정을 즐기도록 모셨다. 현지사 부부에게는 입안의 혀처럼 굴었다. 하지만 그 모든 일을 고상하게 수행했기 때문에 헐뜯는 말이 나오지 않았다. 젊은 날의 객기il faut que jeunesse se passe라는 프랑스어 표현이면 다 설명할 수 있는 일이었다. 깨끗한 손, 깨끗한 셔츠, 최고위층의 묵인하에 상류층에서 이루어지는 일들이라 더욱 그러했다.

이반 일리치는 그렇게 5년을 근무하고 나서 새 부임지로 발령을 받았다. 법률 제도가 바뀌면서 새로운 인력이 필요했던 것이다.

이반 일리치가 바로 그 새로운 인력이었다.

그는 예심판사 자리 제안을 바로 받아들였다. 그동안 쌓아온 관계를 모두 버리고 다른 현으로 떠나 처음부터 새로 시작해야 하는 일이었음에도 말이다. 친구들은 아쉬워하며 송별회를 열고 은제 담뱃갑을 선물해 주었다. 이반 일리치는 새로운 부임지로 떠났다.

그는 특임 보좌관 시절에 그랬듯 예심판사 자리에서도 공과 사를 잘 구분하며 노련하게 일을 처리해 모두의 존경을 받았다. 예심판사의 업무는 이반 일리치 입장에서 이전보다 훨씬 흥미롭고 마음에 들었다. 특임 보좌관일 때도 샤르메르 양복점에서 맞춘 제복 차림으로 청원인과 관리들, 긴장해 덜덜 떨며 면담을 기다리다가 부러운 시선을 던지는 그 무리 앞을 느긋하게 지나쳐 현지사 집무실로 들어가는 것, 그리고 현지사와 마주 앉아 차를 마시고 담배를 피우는 일은 즐거웠다. 하지만 그의 권한으로 직접 좌지우지할 수 있는 사람은 적었다. 출장 가서 만나게 되는 경찰서장이나 분리파 교도 정도에 그쳤다. 그런 사람들을 그는 마치 동료인 양 깍듯하게 대했다. 마음만 먹으면 호되게 처벌할 수 있는 상대에게 그렇게 격의 없는 태도를 보인다는 사실 자체를 즐겼던 것이다. 그럼에도 그런 상대는 적었다. 이제 예심판사가 된 지금, 모두가, 지위가 높고 유력해 아쉬울 것 하나 없는 이들을 포함한 모두가 그의 손아귀에 있는 셈이었다. 그가 서류에 몇 마디만 적으면 아쉬움이라곤 모를 그 사람들을 피의자나 증인으로 불러낼 수 있었다. 내키지 않으면 앉을 자리도 주지 않고 세워둔 채 묻는 말에 대답하도록 할 수 있었다. 그러나 그는 그 권한을 남용한 적이 없었다. 그러기는커녕 최대한 부드러운 모습을 보였다. 권한을 인식하면서도 부드럽게 행사할 수 있다는 점, 그게 새로운 직무의 가장 흥미롭고 매력적인 부분이었다. 예심판사로서 그는 업무와 관련 없는 모든 것을 배제하는 방식, 가장 복잡한 사건을 외면적 사실로만 기록하고 개인 의견은 절대 넣지 않으며 요구되는 서식을 완벽히 지키는 방식을 신속히 익혔다. 당시로서는 아주 새로운 방식이었다. 1864년의 법률을 실행한 최초의 인물 중 한 명이 이반 일리치였다.

새로운 도시로 옮겨간 예심판사 이반 일리치는 새로운 인맥을 맺었고 이전과 다른 모습을 보였다. 현의 권력층과 일정한 거리를 유지하는 대신 법관과 부유한 귀족들 무리에 들어가 정부에 대한 가벼운 반발, 온건한 자유주의, 개화된 시민 의식을 드러냈다. 우아한 몸단장은 그대로였지만 면도를 중단해 턱수염이 멋대로 자라게끔 놔두었다.

새로운 도시에서 이반 일리치의 삶은 아주 만족스럽게 흘러갔다. 현지사에게 반감을 가진 무리는 그를 다정하게 받아들여 주었다. 봉급도 이전보다 올랐고, 당시 재미를 붙이기 시작한 카드놀이는 삶을 한층 즐겁게 했다. 이반 일리치는 빠르고 정확하게 판세를 읽어내 높은 확률로 이기는 편이었다.

2년쯤 지났을 때 이반 일리치는 미래의 아내 프라스코비야 표도로브나 미헬을 만났다. 그가 드나들던 사교 모임에서 가장 총명하고 매력 넘치는, 반짝이는 존재였다. 이반 일리치는 바쁜 업무에서 벗어난 여가 활동 중 하나로 프라스코비야 표도로브나와 가볍고 장난스러운 관계를 맺었다.

특임 보좌관 시절에는 춤을 자주 추었지만 예심판사가 된 후로 그는 거의 춤추지 않았다. 신설 기관의 5급 관리긴 하지만 춤이라면 일가견이 있다는 사실을 보여줘야 할 때만 예외적으로 움직였다. 그리하여 저녁 모임이 끝나갈 무렵 몇 차례 프라스코비야 표도로브나와 춤을 추었고, 이를 통해 상대의 마음을 사로잡았다. 이반 일리치는 본래 뚜렷한 결혼 계획이 없었지만 자신을 열렬히 사랑하는 프라스코비야 표도로브나를 보며 생각했다. '하긴, 결혼을 군이 하지 않을 이유도 없잖아?'

프라스코비야 표도로브나는 좋은 귀족 가문 출신에 외모가 아름다웠고 재산도 조금 있었다. 더 좋은 아내감을 찾을 수도 있겠지만 결코 모자라지 않았다. 이반 일리치가 봉급을 받아오듯 프라스코비야 표도로브나도 아마 그 정도는 가계에 기여할 것 같았다. 반듯하고 다정하며 좋은 품성도 갖추고 있었다. 상대를 사랑하고 가치관이 같아서 결혼했다고만 말할 수도, 그렇다고 그가 속한 사회에서 이 한 쌍을 잘 어울린다고 인정했기 때문에 결혼했다고만 말할 수도 없을 것이다. 이반 일리치는 두 가지 모두를 고려하며 결혼했다. 그런 아내를 맞이하는 게 자신에게 유익하다고 판단했고 최상류층 사람들이 옳다고 여기는 행동을 하는 것도 기분 좋았다.

그렇게 이반 일리치는 결혼했다.

결혼을 준비하는 과정, 그리고 부부의 애정, 새 가구, 새 그릇, 새 침구로 채워진 신혼 생활은 아내의 임신 전까지 참으로 좋았다. 이반 일리치는 결혼이 편안하고 즐겁다고, 사회적으로 인정받는 품위 있는 삶을 깨뜨리기는커녕 한층 더 훌륭하게 만든다고 여겼다. 하지만 아내의 임신 초기부터 예상 밖으로 불쾌하고 피곤한, 품위 없는 상황이 펼쳐졌다. 상상해 본 적도, 벗어날 수도 없는 사태였다.

이반 일리치가 보기에 아내는 아무 이유도 없

이, 마치 재미로 그러는 것처럼 삶의 즐거움과 품위를 망가뜨리기 시작했다. 까닭 없이 질투하고 자기를 더 위해달라고 요구하는가 하면, 사사건건 트집을 잡으며 천박하게 행동했다.

처음에 이반 일리치는 예전에 그랬듯 편안하고 우아한 태도를 취함으로써 이런 불쾌한 상황을 벗어나고자 했다. 아내의 심기와 감정을 무시하고 전처럼 즐겁게 지냈다. 손님을 초대해 카드 놀이를 했고 클럽이나 친구 집에 놀러 갔다. 그러던 어느 날 아내가 벌컥 화를 내며 사납게 욕설을 해댔고 그다음부터는 남편이 자기 요구를 들어주지 않을 때마다 욕을 퍼부었다. 남편이 굴복할 때까지, 그리하여 자기처럼 얼굴을 찌푸린 채 집을 지키고 있을 때까지 절대 입을 다물지 않겠다고 작정한 기세였다. 이반 일리치는 겁이 났다. 결혼 생활, 최소한 자기 아내 같은 사람과 함께하는 결혼 생활은 즐겁고 품위 있는 삶을 늘 보장하기는커녕 오히려 그런 삶을 깨뜨릴 수 있다는 걸 깨달았다. 그는 결혼 생활로부터 자신을 보호할 방법을 모색했다. 예심판사 직무만큼은 아내가 감히 건드리지 못했다. 그리하여 이반 일리치는 업무와 그에 따르는 의무를 무기로 아내에 대항하며 자신만의 세계를 만들어나갔다.

자녀 출생과 모유 수유, 그 과정에서의 온갖 어려움, 사실인지 상상인지 모를 아기와 산모의 질병들은 이반 일리치에게 무언가 하라고 요구했지만 그는 당최 뭘 해야 할지 몰랐다. 그저 가족 밖에서 자신만의 독립된 세계를 만들어내야 한다는 생각만 점점 강해졌다.

아내의 짜증과 요구가 심해질수록 이반 일리치는 자기 삶에서 업무의 비중을 늘렸다. 그는 업무를 더 사랑하게 되었고 명예욕도 전보다 한층 커졌다.

결혼 후 1년이 채 지나기 전, 그는 결혼 생활이 삶에 몇 가지 편리함을 주긴 하지만 본질적으로 몹시 복잡하고 피곤하다는 걸 이미 파악했다. 자기 본연의 삶, 사회의 인정을 받는 품위 있는 삶을 이어가려면 업무와 마찬가지로 결혼 생활에서도 적절한 전략이 필요했다.

그렇게 하여 고안한 전략은 이러했다. 그는 가정에서 식사, 집안 살림, 잠잘 곳만을 요구했다. 아내가 줄 수 있는 것, 더욱 중요하게는 사회 통념이 정해둔 외적 형식에 해당하는 것이었다. 그밖에 필요한 건 유쾌함과 즐거움이었는데 그게 집에서 나온다면 참으로 고마운 일이되 반박이나 불평을 감당해야 하면 곧바로 자신이 만들어둔 업무 세계로 도망쳐서 즐거움을 찾았다.

그는 능력을 인정받아 3년 후 검사보로 승진했다. 새로운 업무와 그 중요성, 누구든 법정에 세우고 구속할 수 있는 권한, 공식 석상에서의 발언 등에서 이반 일리치는 성공을 거듭했고 더더욱 일에 빠져들었다.

자녀들은 계속 태어났다. 아내는 점점 더 불만이 많아지고 걸핏하면 화를 냈지만 결혼 생활의 전략을 이미 마련해 둔 이반 일리치는 거의 신경 쓰지 않았다.

7년이 지난 후 이반 일리치는 검사로 승진해 다른 현으로 발령을 받았다. 가족과 함께 이사했는데, 아내는 새로운 도시를 마음에 들지 않아 했다. 봉급이 전보다 올랐지만 생활비가 많이 들어 돈이 부족했다. 아이 둘이 죽으면서 가정생활은 한층 더 불편해졌다.

프라스코비야 표도로브나는 새로 이사 간 곳에서 일어난 모든 불행을 남편 탓으로 돌렸다. 부부 간 대화 대부분, 특히 자녀 양육 관련 문제는 과거에 다퉜던 기억으로 이어졌고 그때마다 싸움이 격렬해지곤 했다. 가끔 부부가 다정한 시간을 보내기도 했지만 길게 유지되지 못했다. 그건 소원한 적대 관계의 바다로 다시 빠져들기 전에 잠시 머무는 작은 섬에 불과했다. 부부의 소원함을 이반 일리치가 비정상으로 보았다면 퍽 괴로웠겠지만 이제 그는 그런 상태가 정상적이라고, 더 나아가 가정생활의 목표라고 여겼다. 그의 목표는 가정의 모든 불쾌함으로부터 최대한 자유로워지고, 그로부터 피해를 입지 않고 품위를 유지하는 것이었다. 그는 가족과 보내는 시간을 점점 줄여나갔고 가족과 함께해야만 할 때는 다른 이들을 불러들여 자기를 지키려 했다. 무엇보다도 이반 일리치에겐 업무가 있었다. 그의 모든 관심은 업무에 집중되었고, 거기 완전히 빠져버렸다. 마음만 먹으면 누구든 파멸시킬 수 있는 권력, 법정에 들어설 때나 직원들을 만날 때 눈으로 확인되는 존경받는 지위, 위아래가 지켜보는 앞에서 거두는 성공, 스스로도 자각하는 빼어난 업무 능력 등이 매우 만족스러웠다. 여기에 동료와의 대화, 식사, 카드놀이 등이 삶을 채워주었다. 그리하여 이반 일리치의 삶은, 그가 삶이란 마땅히 그래야 한다고 여겼던 대로 유쾌하고 품위 있게 흘러갔다.

다시 7년이 흘렀다. 큰딸은 벌써 열여섯 살이

었고 또 한 아이가 죽어 중학생 아들까지 자식
둘이 남았다. 이 아들은 부부 싸움의 원인이었
다. 이반 일리치는 아들을 법률학교에 보내고 싶
었지만 아내는 시위라도 하듯 일반 중학교에 입
학시켰다. 딸은 집에서 공부하며 잘 자랐고 아들
도 성적이 꽤 좋았다.

3

결혼 후 17년 동안 이반 일리치의 삶은 그렇게 흘러갔다. 이제 고참 검사가 된 그는 더 좋은 기회를 기대하면서 몇 차례 직무 이동 제안을 거절한 참이었다. 그런데 그만 평화로운 삶을 완전히 뒤흔드는 반갑잖은 사건이 벌어졌다. 그가 노리던 어느 대학 도시의 재판장 자리를 난데없이 고페라는 동료 판사가 차지해버린 것이다. 격분한 이반 일리치는 인사에 항의했고 고페 및 가깝게 지내던 상급자들과 다투기까지 했다. 결국 사람들이 그를 멀리하기 시작하면서 다음번 인사에서도 제외되고 말았다.

1880년에 벌어진 일이었다. 이반 일리치의 삶에서 가장 힘든 시기였다. 봉급은 생활비를 대기에 부족했고 다들 그를 잊어버린 것 같았다. 그가 보기에는 너무도 가혹하고 부당한 일들이 다른 이에게는 지극히 당연하게 여겨지는 모양이었다. 심지어 아버지조차 그를 도와주지 않았던 탓에 모두에게 버림받았다는 고립감을 느꼈다. 봉급 3,500루블이 나오는 자리라면 충분히 괜찮다고, 심지어 행운이라고들 여기는 모양이었다. 그에게 벌어진 일이 아내의 끝없는 잔소리, 분수 넘치는 삶을 위해 진 빚과 더불어 얼마나 부당한지 아는 사람은 이반 일리치 혼자뿐이었다. 그 상황이 괜찮지 않다는 걸 아는 사람 역시 그 혼자였다.

그해 여름, 그는 생활비를 줄이기 위해 장기 휴가를 냈다. 가족과 함께 시골에 있는 처남 집에서 지내기로 한 것이다.

업무에서 벗어나 시골에 살면서 이반 일리치는 난생처음으로 무료함, 더 나아가 견디기 어려운 우울감에 시달렸다. 그렇게는 도저히 살 수 없었으므로 무언가 특단의 조치를 취해야 했다.

테라스를 서성거리며 뜬눈으로 밤을 새운 그는 수도인 페테르부르크로 돌아가기로 했다. 자기 가치를 몰라주는 이들에게 복수하고 다른 부서로 옮겨가기 위해 무슨 수든 써볼 작정이었다.

다음 날 아내와 처남의 만류를 뿌리치고 그는 페테르부르크로 떠났다.

목표는 오로지 하나, 봉급 5,000루블짜리 자리를 얻어내는 것이었다. 어느 부처든, 어느 직무든 상관없었다. 5,000루블만 확보할 수 있다면 행정 기관이든, 은행이든, 철도 기관이든, 마리야 황후 교육 기관이든, 심지어는 세무 기관이라도 다 좋았다. 반드시 5,000루블짜리 자리를 얻어내 자기를 무시하는 부처를 벗어나야만 했다.

그런데 이 여정에서 이반 일리치는 뜻밖의 놀라운 행운을 만났다. 쿠르스크에서 1등석에 올라탄 지인 일린이 쿠르스크 현으로 방금 들어왔다는 전보 내용을 알려주었다. 며칠 안에 부처 내 인사이동이 있을 것이고 표트르 이바노비치 자리에 이반 세묘노비치가 내정되었다고 했다.

　　예정된 인사이동은 국가적으로뿐 아니라 이반 일리치 입장에서도 의미가 컸다. 표트르 이바노비치 같은 새로운 인물이 부상하면 분명 그 친구인 자하르 이바노비치도 함께 발탁될 것인데, 이는 이반 일리치에게 유리한 상황이 될 터였다. 자하르 이바노비치는 이반 일리치의 동료이자 가까운 친구였기 때문이다.

　　모스크바를 지나면서도 이 소식을 공식적으로 확인할 수 있었다. 페테르부르크에 도착한 이반 일리치는 자하르 이바노비치를 찾아갔고, 이전에 근무하던 법무부에 자리를 마련해 주겠다는 확답을 얻어냈다.

한 주 후 이반 일리치는 아내에게 전보를 쳤다. '자하르가 밀레르 자리로 이동. 나도 발령받음.'

인사이동의 결과로 이반 일리치는 예상 밖의 승진을 했다. 동료들보다 두 단계나 높은 자리였고 봉급 5,000루블에 이사비 3,500루블까지 받게 되었다. 과거의 적수들과 부서 전체에 대한 미움과 원망은 싹 사라졌다. 이반 일리치는 더할 나위 없이 행복했다.

이반 일리치는 오랜만에 무척이나 만족스럽고 즐거운 마음으로 시골로 돌아갔다. 아내도 무척 기뻐했고 부부 사이에는 평화가 찾아왔다. 이반 일리치는 페테르부르크의 모든 사람이 얼마나 축하해 주었는지, 원수 같았던 이들이 돌변해 얼마나 굽실거렸는지, 다들 얼마나 부러워했는지 떠들어댔다. 특히 페테르부르크 사람들이 하나같이 자기를 아주 좋아한다고 강조했다.

아내는 열심히 남편 말을 들어주었고 전적으로 믿는다는 표정으로 무엇 하나 토를 달지 않았다. 그리고 새로 옮겨갈 도시에서 살 계획을 세웠다. 이반 일리치는 아내의 계획이 곧 자기 계획과 같아서 반가웠다. 부부의 마음이 일치한다는 점, 삐걱거리던 삶이 다시금 본래대로 즐겁고 우아한 궤도에 올랐다는 사실이 만족스러웠다.

그는 시골에 오래 머물 수 없었다. 9월 10일에는 업무를 시작해야 했다. 새로운 집을 마련해 이사하고 추가로 필요한 많은 것을 구입하거나 주문하는 데도 시간이 필요했다. 다시 말해 그의 머릿속에 결정된 대로 새로운 삶을 가꿔야 했고, 이번에는 아내의 마음도 그와 거의 동일했다.

모든 일이 잘 풀리고 목표가 일치한 데다, 붙어 있을 시간이 적다 보니 부부는 신혼 때처럼 사이가 회복되었다. 이반 일리치는 곧바로 가족과 함께 떠나고 싶었지만 갑자기 한층 살가워진 처가 식구들이 붙잡는 바람에 일단 혼자 떠나기로 했다.

이반 일리치는 먼저 출발했고, 승진과 아내와

의 화해라는 두 요소가 상승 작용해 만들어진 유쾌한 기분이 그를 떠나지 않았다. 부부가 꿈꾸던 바로 그런 멋진 집도 찾아냈다. 천장이 높고 널찍하며 고풍스러운 응접실, 안락하면서 위엄 있는 서재, 아내와 자녀들이 각기 사용할 방까지, 마치 이 가족을 위해 일부러 마련한 듯한 집이었다. 이반 일리치는 집수리를 직접 관장하기로 결심하고 직접 벽지를 고르고 가구를 사들였다. 특히 고가구에 천을 덧대 한층 우아한 모습으로 단장했다. 가면 갈수록 집은 이상적으로 그리던 모습에 점점 가까워졌다. 절반 정도 완성되었을 때 이미 기대를 뛰어넘을 정도였다. 더없이 훌륭하고 고상한 모습으로 완성될 것이 분명했다. 그는 미래의 집 안 풍경을 상상하며 잠들곤 했다. 아직 마무리되지 않은 응접실을 바라보면 곳곳에 놓일 벽난로, 가림막, 책장, 여기저기 놓인 의자, 벽에 걸린 크고 작은 장식 접시와 청동상이 눈에 선했다. 자신과 취향이 비슷한 아내와 딸이 얼마나 감동할까 생각만 해도 흐뭇했다. 두 사람은 이 정도로 아름다운 저택을 상상도 못할 것이었다. 집 안의 품격을 한층 높여줄 골동품까지 찾아내 저렴한 가격에 구입했다. 다만 가족에게 쓰는 편지에는 나중에 깜짝 놀라게 만들 작정으로 일부러 모든 것을 실제보다 나쁘게 알렸다. 집을 손보느라 바쁜 나머지 그는 그토록 좋아하는 업무에 생각만큼 집중하지 못했다. 재판 중에도 커튼 봉을 일자형으로 할지 굴곡진 것으로 할지 생각하기 일쑤였다. 직접 나서서 가구를 옮겨보기도, 커튼을 다시 걸어보기도 했다. 한번은 말귀를 영 못 알아듣는 도배장이한테 시범을 보여줄 작정으로 사다리에 올라갔다가 발을 헛디뎌 떨어졌다. 워낙 튼튼하고 민첩한 터라 옆구리를 창틀 손잡이에 부딪쳤을 뿐 바로 균형을 잡을 수 있었다. 옆구리는 좀 아팠지만 곧 괜찮아졌다. 당시 이반 일리치는 퍽 즐겁고 건강했다. 심지어 15년은 젊어진 기분이라고 편지에 쓰기도 했다.

9월이면 집이 완성될 거라 생각했지만 10월 중순까지 작업이 이어졌다. 시간이 걸린 만큼 결과물은 더 훌륭했다. 그 자신뿐 아니라 집을 본 사람 누구나 칭찬을 아끼지 않았다.

하지만 실상 그것은 부자가 아니면서도 부자와 비슷하게 보이고 싶은 이들이 비슷비슷하게 꾸며내는 모습을 넘지 못했다. 비단천, 흑단, 꽃장식, 양탄자, 청동상 등 중후하고 화려한 모든 것은 명문가를 흉내내려는 노력의 일환이었다. 이반 일리치의 집은 딱 그러했고 별다를 게 전혀 없었는데도, 그의 눈에는 모든 것이 특별했다. 기차역에 나가 식구들을 맞이해 빛나는 새집으로 데려왔을 때, 흰 넥타이를 맨 하인이 대문을 열고 꽃으로 장식된 현관으로 안내했을 때, 가족들이 거실로 서재로 돌아다니며 탄성을 질렀을 때 그는 매우 행복했다. 가족들을 사방으로 이끌고 다니며 칭찬 세례를 받았고 만족감에 얼굴이 환해졌다. 그날 저녁, 차를 마시던 아내가 어쩌다 사다리에서 떨어졌느냐고 걱정하자 그는 웃으면서 상황을 재연해 보였다.

"내가 체조 선수 못지않은 덕분이었지. 다른 사람 같으면 큰일이 났을걸. 나니까 여기만 부딪치고 만 거지. 건드리면 아프긴 한데 이미 다 나았어. 멍이 좀 들었을 뿐이고."

이반 일리치 가족은 새집에서 생활을 시작했다. 사람의 욕심이란 것이 좋은 집이라도 딱 방 하나만 더 있으면, 500루블만 더 봉급이 올랐으면 좋겠다 생각하게 되는 법이어서 아쉬움이 있긴 했지만, 전체적으로 만족스러웠다. 집수리가 완벽히 마무리되지 않았던 초기에는 무언가 사들이고 주문하고 옮기고 손보고 할 일들이 있어 특히 좋았다. 부부 간에 사소한 의견 불일치는 있었지만 둘 다 만족스러운 상태였고 할 일도 많았던 터라 큰 싸움 없이 끝났다. 더 이상 할 일이 없어지자 약간 지루하고 무언가 부족한 느낌이 들기 시작했는데, 그즈음에는 지인들도 생기고 새로운 일상이 자리 잡아 삶을 채워주었다.

이반 일리치는 아침에 법원으로 출근했다가 식사 시간에 맞춰 귀가하곤 했다. 테이블보나 비단천에 생긴 얼룩 한 점, 끊어진 커튼 끈 하나 등 그토록 공들여 꾸민 집에 생긴 작은 오점마다 신경을 곤두세웠다. 그래도 생활은 대체로 만족스러웠다. 삶은 그가 마땅히 그래야 한다고 믿는 대로 편안하고 즐거우며 품위 있게 흘러갔다. 그는 9시에 일어나 신문을 읽으며 커피를 마신 후 제복을 갖춰 입고 법원으로 갔다. 그는 출근하자마자 기꺼이 사무실에서 그를 기다리던 업무라는 고삐에 묶였다. 청원인들, 서류와 자료들, 재판과 회의 등 모든 업무가 제대로 흘러가도록 하려면 생생한 날것은, 인간적인 관계와 존중하는 태도 등은 모두 배제해야 했다. 공무 외에 그 어떤 인간 관계도 허용되지 않았으며 누군가와 관계를 맺는다면 그건 반드시 업무와 관련되어야 했다. 예를 들어 누가 찾아와 무언가 알고 싶어하는 경우 개인으로서의 이반 일리치는 그 사람과 관계를 맺을 수 없었다. 하지만 동료 판사라면, 그리고 공문서에 기록 가능한 관계라면 할 수 있는 모든 것을 해주었다. 인간적이고 친밀하게 대우했고, 항상 상대를 존중하는 태도를 유지했다. 공적 관계가 끝나게 되면 다른 모든 관계도 함께 정리했다. 공적 측면을 자신의 삶과 뒤섞지 않고 깔끔하게 분리해내는 이반 일리치의 능력은 탁월했다. 여기에 오랜 경험과 노력까지 더해지면서 급기야는 인간적 관계와 공적 관계를 장난삼아 자유자재로 섞는 경지에까지 이르렀다. 필요하다면 언제든 인간적 관계를 버리고 공적 관계만 분리해낼 수 있다는 자신감에서 나온 행동이었다. 그에게 업무는 쉽고 재미있고 우아한 것을 넘어서 거장의 예술과도 같았다. 휴식 시간이면 담배를 피우고 차를 마시며 정치, 사회 문제, 카드놀이 이야기를 조금씩 나누기도 했는데, 물론 가장 큰 관심사는 직장 내 인사 문제였다. 하루 일이 끝나면 피곤하지만 훌륭하게 연주를 마친 수석 바이올린 연주자의 기분을 느끼며 집에 돌아왔다. 딸과 아내는 어디론가 외출했거나 손님 접대를 하는 중이었다. 아들은 학교에서 돌아와 가정교사와 수업을 준비하거나 배운 것을 복습하고 있었다. 모든 것이 훌륭했다. 손님이 없는 날이면 그는 식사 후 세간의 화제가 되는 책을 읽기도 했지만 대개는 업무를 이어갔다. 서류를 읽고 법조문을 살핀 다음 여러 진술을 비교하고 법률 조항에 맞춰보는 작업이었다. 그건 지루하지도 즐겁지도 않았다. 카드놀이 대신이라면 서류 작업이 지루했을지 모르나 혼자 혹은 아내와 앉아 시간을 보내는 것보다는 나았다. 이반 일리치는 사교계에서 지위가 높은 신사숙녀들을 초대하는 만찬 모임을 즐겨 열었다. 자기네 응접실이 다른 집 응접실과 비슷하듯, 거기서 시간을 보내는 방식도 다른 이들과 비슷하게 맞추며 흡족함을 느꼈다.

한번은 만찬 모임에서 사람들이 춤까지 추었다. 이반 일리치는 즐거웠고 모든 것이 만족스러웠지만, 딱 하나 문제는 케이크와 과자 때문에 아내와 벌인 말싸움이었다. 아내에게 나름의 계획이 있었는데도 이반 일리치가 전부 최고급 제과점에서 사와야 한다고 고집을 부렸다. 결국 케이크가 많이 남았고 제과점 청구서 비용은 무려 45루블에 달하는 바람에 다툼으로 이어졌다. 분위기가 점점 사나워지면서 아내는 "이 고집불통 바보 같으니!"라고 고함을 질렀다. 그 역시 화가 나서 머리를 쥐어뜯으면서 이혼해버려야겠다고 속으로 중얼거렸다. 그럼에도 그날의 모임은 성공적이었다. 지체 높은 손님들이 많았고 이반 일리치는 '내 슬픔을 가져가오'라는 단체를 설립해 유명해진 여성의 자매인 트루포노바 공작 부인과 춤을 추기까지 했다. 업무에서 오는 기쁨은 자존심을 채워주었고, 사교 활동에서 오는 기쁨은 허영심을 채워주었다. 이반 일리치의 진정한 기쁨은 넷이 벌이는 카드놀이였다. 제아무리 불쾌한 사건들이 지나갔다 해도 그 모든 것을 압도하며 촛불처럼 타오르는 기쁨이 있다면 친구들 넷이 둘러앉아 (혹시 자기가 다섯 번째가 되어 빠져야 할 때는 입으로는 괜찮다고 하면서도 속이 쓰렸다.) 머리를 쓰며 진지하게 게임을 벌인 후 포도주를 마시는 거라고 그는 털어놓곤 했다. 카드놀이를 마친 후에는, 특히 돈도 약간 땄다면 (많이 따는 것은 좋지 않았다.) 참으로 기분 좋게 잠자리에 들 수 있었다.

가족은 그렇게 살아갔다. 최고위층과 어울렸고 유명인사와 젊은이들이 그들의 집에 드나들었다.

남편과 아내, 딸 모두 누구와 어울려야 하는지에 대해 완전히 의견이 일치했다. 친한 척 다가오는 허접한 친척이며 초라한 지인들을 일본산 접시로 장식된 응접실에서 몰아내야 한다는 건 굳이 의논할 필요도 없는 일이었다. 꾀죄죄한 이

들은 곧 시야에서 사라졌고, 이반 일리치 골로빈 집안에는 최고위층 손님들만 오게 되었다. 청년들은 이반 일리치의 딸 리자의 마음을 얻으려 애썼는데, 드미트리 이바노비치 페트리셰프의 아들이자 유일한 상속자인 젊은 예심판사도 리자에게 관심을 보였다. 이반 일리치 부부는 둘을 삼두마차에 태워 외출을 시켜야 할지, 의도적으로 연애 상황을 만들어주어야 할지 이미 의논하고 있었다.

가족은 그렇게 살아갔다. 모든 것이 변함없이 흘러갔고 모든 것이 아주 훌륭했다.

4

가족 모두 건강했다. 이반 일리치가 가끔 입안에 이상한 맛이 느껴지고 왼쪽 옆구리가 좀 불편하다고 했지만 그렇다고 그걸 병이라고 할 수는 없었다.

그런데 불편함이 점점 커졌다. 통증까지는 아니라 해도 옆구리가 늘 묵직한 느낌이었고 기분이 불쾌했다. 증상이 심해지면서 가족이 만들어놓은 편안하고 품위 있는 삶이 망가지기 시작했다. 부부 싸움이 잦아지자 안락하고 유쾌한 분위기는 사라졌고 억지 품위만 겨우 유지되었다. 과거의 상황이 재현되었다. 부부가 충돌을 피해 머물 수 있는 작은 섬들은 자꾸 줄어들었다.

아내는 남편 성격이 까다롭다고 투덜거렸는데 사실 그렇게 말할 만했다. 과장이 심한 말버릇대로 자기나 되니까 저런 성질머리를 20년이나 견디지 다른 사람은 참을 수 없으리라고 흉을 봤다. 그즈음의 다툼은 이반 일리치 쪽에서 시비를 걸어 시작되곤 했다. 식사할 때, 그러니까 수프를 한술 뜨면서 어김없이 트집을 잡았다. 그릇이 나갔느니, 음식이 영 틀렸느니, 아들이 식탁에 팔꿈치를 올렸느니, 딸 머리 모양이 이상하다느니. 이 모든 것을 아내의 탓으로 돌렸다. 처음에는 아내도 가만히 있지 않고 발끈해서 맞받아쳤지만, 남편이 미친 사람처럼 폭발하는 모습을 두어 번 보고 나서는 밥 먹을 때 발현되는 병증이라 여기고 마음을 가라앉혔다. 그리고 맞서서 화를 내는 대신 서둘러 식사를 끝내곤 했다.

아내는 이런 인내를 엄청난 희생이라 여겼다. 남편의 괴팍한 성격 때문에 자기 인생이 불행해진다고 생각하자 스스로가 불쌍해졌다. 자신을 가엾게 여길수록 남편은 점점 더 미워졌다. 어서 죽어버렸으면 하는 마음도 있었지만 그러면 봉급도 사라질 테니 그건 안 될 일이었다. 그러자 남편에 대한 분노는 더욱 커졌다. 남편의 죽음조차 자기를 구원해줄 수 없다니 너무도 끔찍한 불행에 빠진 셈이었다. 아내는 치밀어오르는 분노를 숨기려고 애썼다. 그런 아내의 모습에 이반 일리치의 심기는 더욱 자극받았다.

하루는 이반 일리치가 특히 고약하게 군 후에 사실은 병 때문에 화가 난다고 털어놓았다. 아내는 치료가 필요하니 유명한 의사를 찾아가 보라고 재촉했다.

이반 일리치는 병원으로 갔다. 모든 것이 예상한 대로, 늘 그랬던 방식으로 진행되었다. 대기실을 거쳐 들어가는 진료실, 엄숙하게 꾸며낸 의사의 표정, 여기저기 두드리는 촉진과 청진기, 무의미하게 이어지는 뻔한 질문과 대답, '우리만 믿고 다 맡기면 됩니다. 뭘 원하든 우리가 알아서 우리 방식으로 해결합니다.'라고 말하는 듯한 심각한 모습까지. 법원에서 일어나는 일과 완전히 똑같았다. 법정에서 피고를 앞에 두고 그가 지었던 바로 그 표정을 이 유명한 의사도 짓고 있었다.

의사는 이러저러한 증상으로 미뤄볼 때 몸 안에 이러저러한 것이 있는 것 같다, 하지만 이러저러한 검사로 확인이 되지 않는다면 이러저러한 상태라 가정할 수 있다, 이러저러한 상태로 가정한다면 등등으로 말을 이어갔다. 이반 일리치에게 중요한 건 딱 한 가지, 위중한 상태인지 아닌지 그 여부였다. 하지만 의사는 의사로서 언급할 가치조차 없는 부적절한 질문이라며 무시했다. 핵심은 신하수증인지, 만성 카타르인지, 만성 맹장염인지 가려내는 데 있었다. 이반 일리치의 목숨에 대한 언급은 없었다. 그저 신하수증과 맹장염 중 어느 쪽일지에 대해서만 떠들어대다가 마침내 한껏 신난 표정으로 만성 맹장염 같다는 결론을 내렸다. 물론 소변 검사에서 다른 결과가 나오면 다시 진단해야 한다고 덧붙였다. 이 모두는 이반 일리치가 피고를 앞에 두고 수천 번 해오던 행동과 완전히 똑같았다. 의사는 바로 그런 모습으로 환자를 안경 너머로 바라본 후 의기양양하게, 심지어 즐거워하며 진료를 보았다. 의사의 말을 바탕으로 이반 일리치는 자신이 좋지 않은 상태임을, 하지만 의사를 비롯해 다른 모든 이들에게 그건 별 상관없는 일이라는 점을 파악할 수 있었다. 그는 크나큰 충격과 상처, 그 자신에 대한 깊은 동정심에 휩싸였다. 이 중대한 문제에 저토록 무심한 의사에게 한없는 적대감을 느꼈다.

그러나 그는 아무 말도 하지 않고 일어나 탁자에 돈을 내려놓았다. 숨을 크게 들이쉬고는 물었다. "저 같은 환자들이 선생님께 적절하지 않은 질문을 자주 드리곤 하죠. 그러니까 제가 지금 위중한 상태입니까, 아닙니까?"

의사는 한쪽 눈으로 안경 너머 이반 일리치를 냉정하게 바라보았다. 마치 '피고, 허용 범위를 벗어난 질문을 계속한다면 퇴정 조치를 할 수밖에 없습니다.'라고 말하는 듯한 눈빛이었다.

"필요하고 적절한 내용은 이미 다 말씀드렸습니다. 검사 결과가 나오면 다시 보도록 하지요." 그러고서 의사는 고개 숙여 인사했다.

천천히 병원을 나선 이반 일리치는 힘없이 마차에 올라타 집으로 향했다. 가는 길 내내 의사의 말을 떠올려 곱씹으면서 수수께끼 같은 의학 용어를 쉬운 말로 바꿔보았고 자기 상태가 심각한지, 아니면 아직 문제가 없는지 판단하려 애썼다. 의사의 말을 종합하면 아주 심각하다는 의미 같았다. 그러자 거리의 모든 것이 슬프게 느껴졌다. 지나가는 마차들도, 건물도, 행인도, 상점도

슬퍼 보였다. 한시도 멈추지 않는, 묵직하면서 날카로운 이 통증은 이해할 수 없는 의사의 말을 듣고 나니 한층 심각한 의미를 지니게 되었다. 이반 일리치는 새삼 울적한 심정으로 통증에 신경을 썼다.

집에 돌아가 아내에게 병원에서 들은 이야기를 설명했다. 아내는 귀를 기울였지만, 모녀가 외출할 계획이었는지 도중에 모자를 쓴 딸이 들어왔다. 딸은 앉아서 지루한 설명을 들어보려 했지만 오래 견디지 못했고 아내도 끝까지 들어주지 않았다.

"어쨌든 큰 다행이네요. 이제 꼬박꼬박 약만 먹으면 된다는 거죠? 처방전 줘요. 게라심을 약국에 보내야 하니." 아내는 이렇게 말하고 옷을 갈아입으러 갔다.

아내와 함께 있는 동안 숨도 크게 못 쉬던 이반 일리치는 혼자 남자 한숨을 내뱉었다.

"그래, 아직은 뭐, 정말 별일 아닐 수도 있어."

그가 중얼거렸다.

그는 약을 챙겨 먹고 의사의 지시를 따랐다. 소변 검사에 따라 지시는 달라졌다. 그런데 검사 결과와 증상이 들어맞지 않는 상황이 벌어졌다. 따져 물어봐야 변명으로 일관할 테니 소용없겠지만, 의사가 말한 대로 되지 않았던 것이다. 의사가 무언가 놓쳤거나 거짓말을 했거나 감추는 듯했다.

그럼에도 이반 일리치는 의사의 처방을 정확히 이행하는 데서 위안을 찾았다.

의사를 만난 이후 위생이나 약 복용 관련 지시를 철저히 따르고 자기 통증과 몸 상태에 주의를 기울이는 것이 이반 일리치의 중요 일과가 되었다. 인간의 질병과 건강이 그의 주된 관심사로 떠올랐다. 병든 사람, 죽은 사람, 회복해 건강해진 사람, 특히 그와 비슷한 병 증세를 보였던 환자에 관해 얘기를 누군가 꺼내면 짐짓 태연한 척하면서도 귀 기울여 듣고 이것저것 캐물으며 자기 병에 빗대어 보곤 했다.

통증은 줄어들지 않았으나 이반 일리치는 나아진다고 생각하려 애썼다. 그를 괴롭히는 다른 일이 없을 때는 그렇게 자신을 속일 수 있었다. 하지만 아내와 다투거나, 업무상 문제가 생기거나, 카드놀이에서 나쁜 패를 받으면 자신이 환자라는 걸 뼈저리게 느꼈다. 전에는 그런 불쾌한 일들이 있어도 돌파해 바로잡고 이겨내리라고 생각하며 버텼지만 이제는 작은 일 하나에도 충격을 받고 실의에 빠졌다. "이제 겨우 약효가 나타나 몸이 낫기 시작했는데 이런 빌어먹을 일이 생기다니……."라고 중얼거렸다. 불쾌한 일과 자신을 화나게 만들어 파멸로 이끄는 사람들에게 분노했다. 이 화가 그를 갉아먹는다고 느꼈으나 도저히 억누르지 못했다. 주변 상황과 사람들에 대한 분노가 병세를 악화시킬 테니 불쾌한 일에 신경 쓰지 말아야 한다는 걸 알고 있었지만 행동은 정반대로 나왔다. 안정이 필요하다고 말하면서 안정을 깨뜨릴 수 있는 모든 것에 신경을 곤두세웠고 실제로 그런 일이 발생하면 폭발했다. 의학서를 찾아 읽고 의사들을 찾아다닌 행보도 상태를 악화시켰다. 병이 서서히 진행되었기 때문에 그는 어제와 오늘의 차이가 별로 없다며 자신을 속일 수 있었다. 하지만 이 의사 저 의사를 만나 진찰받을 때면 악화되고 있다는, 그것도 급속히 악화되고 있다는 느낌이 들었다. 그럼에도 그는 의사를 찾아다니는 일을 멈추지 않았다.

이번 달에도 이반 일리치는 또 다른 유명한 의사를 찾아갔다. 그 의사는 전의 의사와 거의 비슷하게 설명했지만 전혀 다른 진단을 내놓았다. 이반 일리치의 의혹과 공포는 한층 깊어졌다. 친구의 친구인 또 다른 훌륭한 의사는 또 전혀 다른 진단을 내리고 여러 근거를 대며 완치를 장담했지만 이반 일리치는 더욱 혼란스러워지기만 했다. 동종 요법 전문가도 새로운 질병으로 판정하며 약을 주었다. 아무에게도 말하지 않고 그

약을 일주일 동안 복용했지만 전혀 차도가 없었다. 이제는 약을 포함해 이전의 모든 치료에 대해 신뢰가 사라졌다. 그는 낙심해 버렸다. 한번은 알고 지내는 어느 부인이 성상화(聖像畵)를 사용한 치료법 얘기를 했다. 그는 자기도 모르게 솔깃해서 귀 기울여 들으며 덥석 믿어버리고 싶어하는 자신을 발견했다. '내가 이 정도로 약해지다니! 말도 안 돼! 다 헛소리잖아. 의사를 한 명만 선택해 그 치료법을 따르는 것으로 하자. 그렇게 하면 돼. 그럼 되는 거야. 딴생각 말고 여름까지는 철저하게 따라보자고. 그럼 뭔가 보이겠지. 이런 갈팡질팡은 이제 끝이야!'

말은 쉬웠지만 실천은 불가능했다. 옆구리의 통증은 계속 그를 괴롭히며 심해지더니 아예 만성이 되어버렸다. 입에서도 점점 더 이상한 맛이 느껴졌고 뭔가 역겨운 냄새가 올라오는 것 같아 식욕도 기운도 떨어졌다. 이제는 자신을 속일 수 없었다. 지금껏 겪은 바 없는 무언가 낯설고 무섭고 중요한 일이 그에게 일어나고 있었다. 그걸 아는 사람은 그 자신뿐이었고 주변 사람 모두는 알지 못하거나 알려 하지도 않은 채 그저 세상이 예전과 똑같다고 생각하는 듯했다. 그 점이 이반 일리치를 가장 힘들게 했다. 가족들, 특히 사교 생활이 최고조에 달한 아내와 딸은 아무것도 모른 채 그가 까다롭게 심술을 부린다고 불평했다. 전부 그의 잘못이라는 듯한 태도였다. 모녀가 애써 숨기려고는 했지만 그는 자신이 귀찮은 훼방꾼임을 알아차렸다. 아내는 남편의 병과 관련해 정해진 태도를 고수했고 남편이 무슨 말을 하든 어떤 행동을 하든 일관되게 반응했다.

"저이는 치료법을 철저히 따르지 못한답니다. 하루는 약도 먹고 정해진 대로 식사도 하고 제시간에 잠자리에 들지만 다음 날이 되면 잠깐 제가 한눈파는 사이에 약 복용을 잊어버리고 먹지 말라는 철갑상어를 먹는걸요. 새벽 한 시까지 카드놀이도 하죠." 아내는 지인들에게 말하곤 했다.

"내가 언제 그랬다는 거야? 카드놀이는 표트르 이바노비치 집에서 딱 한 번 했을 뿐이야." 이반 일리치는 발끈해 반박한다.

"어제는 셰베크 댁에 갔었죠."

"어차피 아파서 잠을 잘 수 없었으니까."

"이유가 뭐건 그런 식으로 행동하면 절대 낫지 않을 거예요. 우리만 계속 괴롭히겠죠."

남편의 병에 대해 아내가 하는 말에서는 결국 병이 순전히 환자의 책임이고 그 병으로 인해 남편이 자기를 더욱 힘들게 만든다는 속내가 드러났다. 의도치 않게 내보인 생각임을 알면서도 이반 일리치는 마음이 상했다.

법원 사람들이 자기를 대하는 태도 또한 어쩐지 달라졌다는 생각이 들었다. 곧 자리를 비울 존재처럼 그를 쳐다보는 것 같다가 또 갑자기 친근한 척을 하며 그의 건강염려증을 놀리기도 했다. 보도들도 못했던 무언가 무시무시하고 끔찍한 것이 그의 몸속에서 꿈틀거리고, 그대로 꼼짝 못하는 그를 계속 빨아들여 어딘가로 끌고 가는 상황이 유쾌한 농담거리라도 된다는 듯 말이다. 특히 시바르츠의 장난스럽고 생기 넘치며 우아한 모습을 보면 10년 전의 자신이 떠올라 화가 치밀었다.

하루는 친구들이 찾아와 카드놀이를 시작했다. 패를 돌리자 각자 받은 빳빳한 새 카드를 구부려 부드럽게 만들었다. 다이아몬드 카드가 일곱 장이나 모였다. 같은 편인 파트너도 다이아몬드 카드 두 장을 밀어주었다. 더 바랄 것이 없었다. 이미 이긴 판이나 다름없으니 신이 났다. 그런데 갑자기 빨아들이는 듯한 통증이 찾아왔고 입안에서는 이상한 맛이 느껴졌다. 카드놀이를 이길 생각에 신이 나 있던 그의 모습이 터무니없어 보였다.

이반 일리치는 맞은편에 앉은 파트너 마하일 미하일로비치가 두툼한 손으로 탁자를 두드리고는 정중하면서도 자신만만한 태도로 자신에게 카드를 밀어주는 모습을 보았다. 멀리 손을 내밀 필요 없이 편하게 받게끔 하려는 듯했다. '뭐야, 내가 팔 뻗을 힘도 없다고 생각하는 건가.' 이반 일리치는 그런 생각을 하다가 그만 엉뚱한 카드를 내놓는 바람에 우승을 놓쳐버렸다. 하지만 가장 끔찍한 일은 아쉬워하는 마하일 미하일 로비치를 보면서도 정작 그는 아무렇지도 않다는 점이었다. 어째서 아무렇지 않은지 생각하기조차 끔찍했다.

그가 힘들어하는 것을 눈치채고 친구들은 "피곤하면 여기서 끝내세. 좀 쉬도록 해."라고 말했다. 쉬라고? 전혀 피곤하지 않았다. 결국 3판 승부까지 이어갔지만 모두 우울한 얼굴에 침묵을 지켰다. 이반 일리치는 자기 때문에 분위기가 망가졌다고 느꼈지만 제대로 돌려놓을 수 없었다. 친구들이 저녁을 먹고 돌아간 후, 혼자 남은 이반 일리치는 병마가 자기뿐 아니라 다른 이들의 삶까지 망치고 있음을, 그리고 그 병마는 약해지지 않고 점점 더 그를 파먹고 있음을 깨달았다.

　이런 생각에 신체적 고통과 공포심까지 느끼
다 보니 자리에 누우면 뜬눈으로 밤을 보내는 일
이 많았다. 그렇더라도 아침이면 다시 일어나 옷
을 갖춰 입고 법원에 가서 말하고 쓰며 일해야
했다. 출근하지 않는 날에는 집에 틀어박혀 24시
간 동안 매순간 고통에 시달렸다. 이해해주고 불
쌍히 여겨주는 사람 하나 없이 오로지 혼자서 파
멸의 벼랑 끝 삶을 이어갔다.

5

그렇게 두 달이 지나갔다. 새해를 앞두고 처남이
다니러 왔다. 이반 일리치는 법원에 있었고 아내
는 장을 보러 나간 참이었다. 퇴근해 돌아온 이
반 일리치는 서재로 들어가다가 짐을 풀고 있는
처남을 마주쳤다. 건강하고 기운 넘치는 모습이
었다. 발소리에 고개를 든 처남은 잠시 입을 열
지 못했다. 그 시선이 모든 것을 말해주었다. 처
남은 탄식하려는 듯 입을 열었다가 바로 닫아버
렸다. 충격을 확인시키는 동작이었다.

"왜, 내가 변해서 그러나?"

"네. 변하긴 하셨네요." 이어 어떻게 변했느냐고 여러 차례 물어도 처남은 대꾸하지 않았다. 아내가 돌아오자 남매는 함께 방으로 들어가 버렸다. 이반 일리치는 서재 문을 걸어 잠그고 거울을 들여다보며 자신의 정면과 옆모습을 살펴보았다. 부부 초상화를 가져와 거울에 비친 모습과 비교했다. 차이는 극명했다. 이반 일리치는 소매를 팔꿈치까지 걷어올리고 두 팔을 살핀 후 다시 소매를 내리고 소파에 앉았다. 그 얼굴은 칠흑보다 더 어두웠다.

"괜한 생각 말자. 쓸데없는 짓이야." 그는 중얼거리며 벌떡 일어났다. 책상에 앉아 서류를 펼쳐 읽으려 했지만 눈에 들어오지 않았다. 일어나 서재를 나섰다. 응접실 문은 닫혀 있었다. 발꿈치를 들고 문 앞으로 다가가 대화를 엿들었다.

"넌 너무 과장하는구나." 아내가 말했다.

"과장이라고? 매형은 완전히 죽은 사람이라

니까. 그 흐릿한 눈을 좀 봐. 대체 무슨 병이야?"

"아무도 몰라. 니콜라예프 의사가 뭐라고 설명했는데 난 모르겠어. 레셰티츠키 의사는 전혀 다른 얘기를 하고……."

서재로 되돌아온 이반 일리치는 누워서 생각에 잠겼다. '신장, 그래, 신장이 처지는 병이라 했지.' 신장이 어떻게 본래 위치를 벗어나 처지게 되는지 의사가 설명했던 내용을 차례차례 떠올렸다. 그리고 신장을 붙잡아 제자리에 고정시키는 상상을 해보았다. 그리 어렵지 않은 일 같았다. '표트르 이바노비치(의사 친구를 소개해준 친구였다.)한테 다시 가봐야겠어.' 그는 벨을 눌러 마차를 준비하라고 한 뒤 외출 준비를 했다.

"당신 어디 가시려고요?" 아내가 평소 같지 않은 다정하고 구슬픈 소리로 물었다.

낯선 상냥함에 반감이 들었다. 그는 찌푸린 얼굴로 아내를 보았다.

"표트르 이바노비치를 만나고 올게."

그는 친구를 찾아갔고 함께 의사를 만났다. 그리고 한참 동안 의사를 붙들고 이야기를 나누었다.

의사는 그의 몸에서 일어나고 있는 변화를 해부학적이고 생리학적인 관점에서 상세히 설명했고, 그는 이제 모든 것을 이해했다.

맹장에 돌기 하나, 아주 작은 돌기 하나가 있었다. 그건 치료 가능했다. 한 기관에 에너지를 집중시키고 다른 기관의 활동을 약화시키면 흡입 작용이 일어나 치료된다고 했다. 그는 식사 시간에 조금 늦게 귀가했다. 식사하면서 즐겁게 이야기를 나누느라 한참 지나서야 서재로 가서 일을 시작했다. 서류를 읽으면서도 미뤄둔 중요한 일이 있다는 생각이 머릿속을 떠나지 않았다. 서류를 덮은 그는 그 중요한 일이 맹장 치료임을 상기했다. 하지만 당장은 접어두고 응접실로 차를 마시러 갔다. 손님들이 와 있었고, 떠들면서 피아노를 치고 노래를 불렀다. 딸의 신랑감인 예심판사도 있었다. 아내가 보기에 이반 일리치는 다른 누구보다도 모임을 즐기는 것 같았지만 그는 맹장 치료가 남아 있다는 사실을 단 한순간도 잊지 않았다. 11시가 되자 그는 인사를 하고 서재로 들어갔다. 병이 난 이후 그는 서재에 딸린 작은 방에서 혼자 잤다. 옷을 갈아입고 에밀 졸라의 소설을 집어 들었지만 책 대신 생각에 잠겼다. 상상 속에서 그토록 바라는 맹장 치료가 이루어졌다. 흡입해 빨아내고 정상 기능을 회복시켰다. "바로 그거야. 자연스러운 상태로 만들면 되는 거지." 그는 중얼거렸다. 약을 먹어야 한다는 게 생각나 몸을 일으켜 약을 삼킨 후 똑바로 누웠다. 약효가 퍼져나가면서 통증을 없애버리는 과정에 정신을 집중했다. '규칙적으로 약을 먹고 해로운 것을 피하면 돼. 벌써 좋아진 느낌인데. 아주 좋아졌어.' 옆구리를 만져보았다. 아프지 않다. '아무 느낌이 없잖아. 맞아, 훨씬 나아진 거야.' 촛불을 끄고 돌아누웠다. 맹장이 흡

입 작용을 통해 치료되고 있었다. 다음 순간 갑자기 통증이, 이미 익숙해진 그 묵직하고 가차없는, 집요한 통증이 엄습했다. 입안에서도 역겨운 그 맛이 느껴졌다. 심장이 조여들고 머릿속이 혼미했다. '맙소사, 다시 시작이야. 이건 절대 끝나지 않을 거야.' 돌연 상황이 전혀 다르게 와닿았다. '맹장이니 신장이니 이건 그런 문제가 아냐. 삶과 죽음의 문제지. 그래, 삶이 내 곁에서 자꾸 멀어지고 있는데 난 붙잡을 수가 없는 거야. 스스로를 속일 이유가 무엇인가? 나만 빼고 모두가 알고 있잖아. 난 죽어가고 있어. 이제 시간 문제야. 몇 주, 며칠, 아니면 당장일지도 몰라. 빛이 있었지만 지금은 어둠이군. 지금은 여기 있지만 곧 가게 되겠지. 어디로 가는 걸까?' 소름이 끼치면서 숨이 막혔다. 심장이 뛰는 소리만 들렸다.

'내가 없어지면 어떻게 되는 거지? 아무것도 없다는 건가. 없어진 후에는 어디 있게 되지? 정말 죽는 건가? 아냐, 그건 싫어.' 그는 촛불을 켜야겠다는 생각에 벌떡 일어났지만 떨리는 손으로 주변을 더듬다가 초와 촛대를 다 떨어뜨렸다. 그리고는 다시 누웠다. '촛불은 뭐하려고? 다 소용없어.' 그는 어둠을 응시했다. '죽음. 그래, 죽음이야. 아무도 그걸 모르지. 알고 싶어하지도, 가슴 아파하지도 않아. 그저 놀고 즐기고만 있어. (떠드는 소리와 음악 소리가 들려왔다.) 괜찮아. 저들도 죽을 테니까. 멍청이들. 내가 먼저고 저들은 나중일 뿐이야. 똑같은 거야. 그런데도 아주 신나게 노는군. 짐승 같은 것들!' 분노가 치밀었다. 참을 수 없이 고통스러웠다. 모든 사람이 이런 끔찍한 공포를 겪어야 한다는 걸 받아들이기 어려웠다. 다시 자리에서 일어났다.

'뭔가 잘못되었어. 진정하고 처음부터 다시 생각해봐야 해.' 그는 곰곰이 되짚어 보았다. '시작은 뭐였지? 옆구리를 부딪친 거지. 처음엔 멀쩡했어. 그러다 조금씩 아파서 의사들을 만났어. 그다음에는 우울해지면서 다시 의사들을 찾았고. 그렇게 점점 나락으로 떨어졌던 거야. 계속 쇠약해지면서……. 이제 기력이 다하고 눈이 흐릿해졌어. 죽음이 다가오는데 맹장 생각이나 하다니. 맹장을 치료하겠다고? 이건 죽음의 문제야. 정말로 죽는 걸까?' 다시금 공포에 사로잡힌 그는 숨을 헐떡이며 허리를 굽히고 성냥을 찾다가 협탁에 팔꿈치를 부딪쳤다. 협탁이 그를 방해하고 아프게 했다는 생각에 화가 치밀어 힘껏 밀어 쓰러뜨렸다. 그리고는 자포자기하는 심정으로 쓰러지듯 누웠다. 당장 죽어버렸으면 싶었다.

손님들이 떠나는 중이었다. 손님을 배웅하던 아내는 협탁이 쓰러지는 소리를 듣고 서재로 왔다.

"무슨 일이에요?"

"아무것도 아냐. 실수로 뭘 떨어뜨렸어."

아내가 방에서 나갔다가 촛불을 들고 돌아왔다. 축 늘어진 그는 가쁜 숨을 내쉬며 아내에게 시선을 고정했다.

"당신, 왜 그래요?"

"아무, 것도…… 아냐. 떨어트려서……." 그는 '말할 필요도 없어. 어차피 못 알아들을 거야.'라고 생각했다.

정말로 아내는 알아듣지 못했다. 바닥에 떨어진 촛대를 주워 촛불만 밝혀두고 서둘러 나가버렸다. 손님 배웅이 아직 끝나지 않은 참이었다.

다시 아내가 찾아왔을 때 그는 아까와 똑같은 모습으로 천장을 바라보고 있었다.

"상태가 더 나빠진 거예요?"

"그래."

아내가 고개를 저으며 곁에 앉았다. "장, 레셰티츠키 선생님을 모셔오면 어떨까요?"

유명한 의사를 집으로 부른다는 건 돈을 아끼지 않겠다는 뜻이었다. 그는 심술궂은 미소를 지으며 싫다고 했다. 앉아 있던 아내가 다가와 그의 이마에 입을 맞추었다.

입술이 이마에 닿는 순간 온몸에 증오가 차올

랐다. 밀쳐버리고 싶은 마음을 간신히 억눌렀다.

"그럼 내일 봐요. 잘 자요."

"그래."

6

이반 일리치는 자신이 죽어간다는 진실을 깨닫고 절망에 빠져버렸다.

마음속 깊숙한 곳에서 알고 있는 사실이라고 해도 익숙해질 수 없었고 이해할 수도 없었다. 어떻게 해도 이해가 되지 않았다.

키제베터 논리학을 공부할 때 접했던 3단 논법, 즉 '카이사르는 사람이다, 사람은 죽는다, 그러므로 카이사르도 죽는다.'라는 것은 평생 카이사르의 문제라 여겼지 그의 일이라고는 꿈에도 생각지 않았다. 카이사르는 평범한 인간이니 죽는 게 당연하지만 이반 일리치 자신은 카이사르가 아니었다. 그는 평범한 인간이었던 적이 없었다. 늘 남과 다른 특별한 사람이지 않았나. 그는 부모님, 형제와 누이, 마부, 유모의 넘치는 사랑을 받으며 자란 꼬마 바냐였으며 소년기와 청년기에는 온갖 기쁨과 슬픔, 환희를 한없이 누린 존재였다. 카이사르는 바냐가 그토록 좋아하던 줄무늬 가죽 공의 냄새를 맡을 수 없지 않은가. 어머니의 손에 바냐처럼 다정하게 입 맞출 수도, 어머니의 비단 옷이 사각거리는 소리를 들을 수도 없지 않은가. 카이사르가 법률학교에서 고기만두 때문에 싸움을 벌일 수 있나? 나처럼 사랑에 빠질 수는 있나? 재판을 진행할 수 있나?

카이사르는 죽음을 피할 수 없는 인간이지만 난 아니다. 무수히 많은 감정과 생각을 지닌 나, 이반 일리치는 전혀 다른 존재다. 내가 죽어야 한다니 그건 있을 수 없는 일이다. 너무도 끔찍한 일이다.

그는 생각했다.

'카이사르처럼 죽어야 할 운명이었다면 일찌감치 그걸 알고 있지 않았을까. 내면의 목소리가 말해주었겠지. 하지만 그런 목소리는 들은 적이 없어. 나랑 내 친구들 모두 우리는 카이사르와 전혀 다르다고 생각했잖아. 그런데 갑자기 이럴 수가? 이건 아니야. 이럴 수는 없어. 대체 뭐지? 어떻게 이해해야 하지?'

도무지 이해할 수 없었으므로 그는 그런 거짓되고 병적인 생각을 밀어내고 대신 올바르고 건강한 마음가짐을 유지하려고 애썼다. 하지만 그 생각은 생각에 그치지 않고 현실로 다시 다가와 버티고 있었다.

거짓된 생각 옆으로 다른 생각들을 불러들여 의지할 곳을 찾으려고도 했다. 죽음에 대한 생각에서 자신을 보호해 주던 과거의 사고방식을 되살려 보았다. 하지만 기이한 일이었다. 전에는 죽음이라는 것 앞에서 그를 감싸고 지켜주던 모든 생각이 이제 효과가 없었다. 그즈음 이반 일리치는 죽음으로부터 자기를 지켜줄 사고방식을 복구하는 데 많은 시간을 할애했다. "업무에 집중해. 나는 업무로 살아온 사람이잖아."라고 중얼거리고는 법원에 출근했다.

잡념을 떨쳐내면서 동료들과 대화를 나누고 평소처럼 느긋하게 재판정 판사석에 앉아 방청객들을 유심히 바라보았다. 앙상해진 두 팔을 참나무 의자 팔걸이에 올린 채 옆쪽으로 몸을 돌려 동료 판사에게 서류를 밀어주며 속삭이기도 했다. 똑바로 고쳐앉아 정면을 바라보며 재판의 시작을 공식 선언했다. 하지만 재판 한중간에 재판이야 어찌 되든 상관없다는 듯 옆구리 통증이 엄습하며 빨아들이는 듯한 고통이 시작되었다. 이반 일리치는 재판에만 집중하려 했지만 어느새 죽음이란 놈이 고통 옆으로 찾아와 눈앞에서 자기를 노려보았다. 온몸이 뻣뻣해지고 눈이 흐릿

했다. 그는 생각했다. '정녕 죽음만이 진실이란 건가?' 동료들과 부하들은 그토록 날카롭고 유능한 판사였던 그가 허둥거리며 실수하는 충격적인 모습을 보며 안타까워했다. 그는 안간힘을 다해 정신을 차려 어찌저찌 재판을 끝까지 이어 갔고 낙심한 채 집에 돌아갔다. 더 이상은 판사 업무도 숨기고 싶은 일을 숨겨주지 못하고, 판사 업무를 도피처로 삼아 죽음에서 도망칠 수는 없다는 사실이 분명했다. 더 큰 문제는 죽음이 자꾸만 그를 끌어당긴다는 데 있었다. 아무것도 못한 채 형언하기 힘든 고통을 겪으며 죽음을 바라보도록, 눈을 똑바로 뜨고 대면하도록 하게끔 말이다.

상황을 벗어나려 이반 일리치는 위안이 되어줄 다른 방어막을 찾아보았지만 하나같이 잠깐 그를 구해주는가 싶다가는 바로 무너졌다. 아니, 무너졌다기보다는 투명하게 변했다고 해야 맞을 것이다. 건너편의 죽음이 뚫고 들어올 수 있도록 말이다. 그 무엇도 그를 지켜주지 못했다.

　요즘 이반 일리치는 응접실에 나와보곤 했다. 사다리에서 떨어지기까지 하면서 정성 들여 꾸민 공간을 보면 쓴웃음이 나왔다. 그때 다친 옆구리에서 병이 시작되었으므로 이 응접실을 목숨을 바쳐가며 꾸민 셈이었다. 여기저기 살피던 그는 탁자에 난 흠집을 발견했다. 원인을 찾아보니 앨범 모서리에 붙은 청동 장식이 비뚤어져 탁자를 긁은 탓이었다. 앨범을 들어 펼쳐보았다. 그가 소중하게 만들어놓은 앨범인데 딸과 딸 친구들이 부주의하게 다룬 탓에 찢어진 곳도 있고 사진이 뒤집힌 곳도 있어서 속이 상했다. 그는 다시 정성껏 앨범을 바로잡고 청동 장식도 본래대로 구부려놓았다.

　불현듯 앨범이 놓인 탁자를 꽃 화분이 있는 쪽으로 옮겨야겠다는 생각이 들었다. 아내와 딸은 그에 반대했다. 그는 화가 나서 언성을 높였다. 그나마 그사이에는 죽음에 대해 생각하지 않았고 죽음이 눈에 보이지도 않아서 다행이었다.

결국 그가 직접 탁자를 옮기려 하자 아내는 만류했다.

"하인들 시켜요. 또 다치면 어쩌려고요."

그 순간 방어막 너머로 죽음이 보였다. 어른거렸을 뿐이라 곧 사라지지 않을까 싶었는데 옆구리의 통증이 또 느껴졌다. 전부 다 그대로였다. 이제는 도저히 외면할 수 없었다. 죽음은 꽃 사이로 그를 바라보았다. 이게 다 무슨 소용일까?

'맞아. 바로 여기서, 저 커튼을 달다가 기습을 당하듯 목숨을 잃게 된 거야. 어떻게 그럴 수가! 이 얼마나 끔찍하고 어리석은 일이란 말인가. 이럴 수는 없어. 이럴 수는 없다고!'

그는 서재로 돌아가 누웠다. 또다시 죽음과 단둘이었다. 할 수 있는 일은 없었다. 그저 죽음을 마주보며 차가운 두려움을 느낄 뿐이었다.

7

불과 석 달 만에 이반 일리치가 어떻게 그 지경이 되었는지 설명하기란 불가능했다. 병이 눈치채지 못할 만큼 서서히 진행되었기 때문이다. 이제는 아내도, 딸과 아들도, 하인, 지인들, 의사까지도, 가장 중요하게는 이반 일리치 자신도 알고 있었다. 모두의 관심은 그가 언제 자리를 내놓을지, 그의 존재로 인해 사람들이 느끼는 압박감이 언제 사라질지, 그가 자신의 고통으로부터 언제 해방될지뿐이라는 것을.

잠자는 시간이 점점 짧아졌다. 아편에 이어 모르핀을 쓰기 시작했다. 하지만 도움이 되지 않았다. 반쯤 마취된 몽롱한 상태가 처음에는 새로운 방식으로 고통을 줄여주었지만 곧 효과가 사라진 후에는 오히려 더 고통스러웠다.

의사 처방에 따라 특별히 준비된 식사는 갈수록 맛없었고, 급기야 구역질이 나서 쳐다보기도 싫었다.

용변도 특별히 마련된 변기에서 봐야 했는데 매번 끔찍했다. 불결하고 냄새나는 것은 물론이고 용변까지 남의 도움을 받아야 한다는 자괴감이 그를 괴롭혔다.

이토록 힘겨운 상황에서 이반 일리치에게 위안이 되는 존재가 나타났다. 용변 처리를 돕는 하인 게라심이었다.

농촌 출신으로 주방에서 일하는 게라심은 깔끔하고 건강했다. 늘 밝고 명랑한 모습이었다. 러시아 전통 복장을 말끔히 차려입은 게라심에게 용변 처리를 시키기가 처음에는 영 불편했다.

한번은 변기에서 일어난 이반 일리치가 바지를 추켜올릴 힘이 없어 그대로 안락의자에 주저앉은 일이 있었다. 그는 뼈만 남다시피 한 힘없는 허벅지를 내려다보며 경악했다.

그때 가볍고 힘찬 걸음으로 게라심이 들어왔다. 장화에서는 기분 좋은 타르 냄새가 풍겼고, 신선한 겨울 공기가 느껴졌다. 깨끗한 셔츠 위에 삼베 앞치마를 둘렀는데 걷어 올린 소매 아래로 튼튼한 젊은 팔뚝이 드러나 있었다. 게라심은 환자를 배려해 자기 얼굴에서 빛나는 삶의 기쁨을 감추려는 듯 이반 일리치 쪽을 쳐다보지도 않고 변기로 다가갔다.

"게라심." 이반 일리치가 힘없는 소리로 불렀다.

게라심은 흠칫 놀랐다. 뭔가 잘못이라도 했나 걱정하는 모양이었다. 그러더니 얼른 그 선량하고 순진한 얼굴을 환자 쪽으로 돌렸다. 막 수염이 나기 시작한 젊은 얼굴이었다.

"네. 부르셨습니까?"

"이런 일을 하려니 좀 그렇지. 미안하군. 나도 어쩔 수가 없어서."

"별말씀을요." 게라심은 눈을 반짝이며 하얀 이를 드러내고 미소 지었다. "저야 괜찮습니다. 나리는 편찮으신 분이니까요."

게라심은 힘센 두 팔로 능숙하게 일을 처리하고는 가벼운 걸음으로 방을 나갔다. 그리고 5분쯤 지나서 다시 돌아왔다.

그때까지도 이반 일리치는 안락의자에 그대로 앉아 있었다.

그는 깨끗하게 닦아온 변기를 원래 자리에 놓는 하인에게 말했다. "게라심, 이리로 와서 나를 좀 일으켜 줘. 혼자서는 힘들어서. 마침 드미트리도 없고."

게라심이 튼튼한 손으로 그를 가볍게 안아 일으켰다. 그리고 한 손으로 부드럽게 부축하면서 다른 손으로 바지를 추켜올렸다. 이반 일리치는 소파로 가겠다고 했다. 게라심은 부드러운 손길로 안다시피 그를 소파로 데려가 앉혀주었다.

"고마워. 뭐든 척척이군. 훌륭해."

게라심이 다시 미소를 지었고 방을 나가려 했다. 하지만 이반 일리치는 게라심이 나가지 않고 함께 있어주길 바랐다.

"저기 저 의자를 내 쪽으로 좀 가져와 줘. 아니, 다리 밑에 받쳐줘. 다리를 올리고 있으면 편해서 말이야."

게라심이 의자를 들고 와 소리 없이 바닥에 내려놓더니 이반 일리치의 두 다리를 그 위에 올려놓았다. 게라심이 다리를 높이 들어올리는 순간 이반 일리치는 한결 편안해졌다.

"다리를 더 높이면 좋을 것 같아. 저기 있는 쿠션을 좀 가져와서 다리 아래 받쳐주게."

게라심은 그가 시키는 대로 했다. 이반 일리치의 다리를 들어올려 그 아래 쿠션을 받쳐주었다. 게라심이 다리를 들고 있는 동안 다시금 이반 일리치는 편안했지만 그가 다리를 내려놓자 다시 상태가 나빠졌다.

"게라심, 지금 바쁜가?"

"아닙니다요, 나리." 도시로 와서 배운 말투로 게라심이 대답했다.

"또 할 일이 뭐지?"

"제가 할 일이요? 오늘 할 일은 다 했고 이제 내일 쓸 장작만 패두면 됩니다요."

"그럼 내 다리를 아까처럼 높이 들어주면 좋겠는데 할 수 있을까?"

"그럼요. 할 수 있고말고요." 게라심이 다리를 높이 올려주자 통증이 전혀 느껴지지 않았다.

"장작 일은 어쩌지?"

"걱정 안 하셔도 됩니다요. 나중에 하면 됩니다요."

이반 일리치는 게라심이 앉아서 다리를 붙잡고 있도록 한 뒤 이야기를 나누었다. 게라심이 다리를 올려주고 있으니 이상하게도 상태가 훨씬 나아지는 기분이었다.

　그때부터 이반 일리치는 종종 게라심을 불러 그 어깨 위에 자기 다리를 올리게 하고 담소를 주고받았다. 게라심은 조금도 싫은 내색을 하지 않고 흔쾌히 원하는 대로 해주었다. 이반 일리치는 그에 감동했다. 다른 이들의 건강, 힘, 활력을 보면 속이 상했지만 힘세고 활기찬 게라심의 모습만은 속이 상하기는커녕 위로가 되었다.

　이반 일리치를 가장 괴롭히는 것은 거짓이었다. 그가 그저 아플 뿐이지 죽어가는 게 아니라는, 잘 쉬면서 치료받으면 다시 건강해질 거라는, 모두가 거짓인 줄 알면서도 아닌 척하는 그 거짓 말이다. 무슨 짓을 하든 나아질 리 없고 결국 고통이 심해지다가 죽음에 이르리라는 걸 이반 일리치는 이미 알고 있었다. 모두가 알고 이반 일리치마저 아는 그 사실을 인정하지 않고 병세에 대해 거짓으로 꾸며대 환자까지도 그렇게 생각하도록 만들려는 그 거짓, 죽음을 목전에

둔 자신 앞에서 벌어지는 거짓, 이 공포스러우면서도 엄숙한 죽음을 문병이니 커튼이니 철갑상어 요리 같은 사소한 수준으로 격하시켜야만 한다는 생각에서 나온 거짓이 이반 일리치는 너무도 괴로웠다. 그런 우스꽝스러운 짓거리를 벌이는 사람들에게 "그만 집어치워! 내가 죽어간다는 건 나도 알고 너도 아는 일이잖아. 그러니 거짓말은 그만하라고!"라고 고함을 지를 뻔한 순간이 무수히 많았지만 한 번도 그렇게 하지 못했다. 그가 죽어가는 이 무섭고 처절한 과정을 주위 사람들은 그저 우연히 일어난 품위 없는 사건 정도로 여기는 듯했다. (마치 고약한 냄새를 풍기며 응접실로 들어오는 사람을 만나는 것처럼 말이다.) 그것이 그가 평생 동안 추구했던 바로 그 '품위'였다. 그를 불쌍하게 여기는 사람은 없었다. 그가 어떤 상태인지 이해하려 하는 사람조차 없었으니 당연한 일이었다. 오로지 게라심만이 상황을 이해하고 주인 나리를 불쌍히 여겼다. 그래서 이반 일리치는 게라심과 함께 있을 때만 편안했다. 밤새도록 다리를 들어주면서 자러 갈 생각도 하지 않고 "걱정 안 하셔도 됩니다요. 나중에 자면 됩니다요."라고 말하는 것도, "환자가 아니라도 이 정도는 해드릴 수 있죠."라고 친근한 말투로 덧붙이는 것도 좋았다. 오로지 게라심만이 거짓이 없었다. 상황을 이해하고 문제를 괜히 숨기려 들지 않으며, 점점 쇠잔해 가는 그를 불쌍하게 여기는 사람은 게라심뿐이었다. 한번은 그만 가보라고 하는 이반 일리치에게 직접적으로 말하기도 했다. "모두가 결국은 죽습니다요. 그러니 몸 아낄 필요 있겠습니까요?" 죽음을 앞둔 사람을 위해 애쓰는 건 조금도 힘들지 않으며, 또 그리고 자신이 죽을 때가 되면 누군가 그렇게 애써주기를 바란다는 뜻이었다.

거짓말 외에, 아니 거짓말로 인해 이반 일리치를 더욱 괴롭힌 것은 그 누구도 그가 바라는 만큼 그를 불쌍히 여겨주지 않는다는 사실이었다.

오래 고통받은 끝에 이반 일리치는, 인정하기는
참으로 부끄러웠지만, 누군가 자기를 아픈 아이
처럼 불쌍히 여겨주길 바랐다. 어린아이를 보살
피며 달래듯 위로하고 입 맞춰주기를, 자신을 위
해 울어주기를 간절히 소원했다. 수염이 허옇게
세기 시작한 고위급 판사인 그에게 누구도 그러
지 않으리란 걸 알면서도 소망했다. 게라심과의
관계에서는 이와 비슷한 부분이 있었기에 위안
이 되었다. 이반 일리치는 울고 싶었고 사람들이
함께 울며 자신을 달래주기를 바랐다. 하지만 동
료 판사 셰베크가 찾아오자 울면서 보살핌을 청
하는 대신 엄숙하고 진중한 표정을 지으며 상소
심 판결에 대한 의견을 끝까지 고집했다. 그 자
신과 주변 사람들의 이런 거짓이 이반 일리치의
마지막 날들을 가장 심하게 망쳐놓았다.

8

아침이 왔다. 게라심이 나가고 표트르가 들어와
촛불을 끄고 커튼 한쪽을 걷은 다음 조용히 청소
를 시작하면 아침이었다. 아침이든 저녁이든, 금
요일이든 일요일이든 이제 다 똑같았다. 달라지
는 건 없었다. 한순간도 쉬지 않고 그를 괴롭히는
통증도, 가차 없이 줄어들지만 아직 끝나지는 않
은 목숨도, 모든 거짓을 넘어 유일한 진실이 되어
버린 채 공포스럽게 다가오는 죽음도 그대로였
다. 날짜며 요일이 다 무슨 소용이겠는가?

"차를 가져올까요?" 표트르가 물었다.

'주인은 아침마다 차를 마셔야 한다고 생각하는 놈이군.' 이반 일리치는 이렇게 생각하면서 대답했다. "아니."

"소파로 옮겨드릴까요?"

'방을 치워야 하는데 내가 방해가 된다는 말이로군. 난 더럽고 엉망이니.' 그는 이렇게 생각하면서 "아니. 그냥 둬."라고 대답했다.

하인은 계속 분주했다. 이반 일리치가 팔을 뻗자 바로 표트르가 다가왔다. "뭘 드릴까요?"

"시계."

표트르는 주인의 팔 바로 아래 있던 시계를 집어 건넸다.

"8시 반이군. 다들 자고 있나?"

"그렇습니다요. 바실리 이바노비치 도련님은 학교에 가셨지만요. 마님께서는 나리가 찾으시면 깨우라 하셨습니다요. 마님을 부를까요?"

"아니. 괜찮아." 이내 '차를 한잔 마셔볼까?'라

는 생각이 들었다.

"차를…… 좀 가져와."

표트르가 문 쪽으로 걸어갔다. 이반 일리치는
혼자 남을 생각을 하니 무서워졌다. '어떻게 저
놈을 붙잡아두지? 그래, 약이 있군.'

"표트르, 약을 가져와."

'그래. 어쩌면 약이 도움이 될 수도 있어.' 그는
숟가락에 물약을 따랐다. '아니, 다 소용없어. 무
의미한 짓이야.' 입안에서 익히 알고 있는 역겹고
절망적인 맛이 느껴졌다. '이제 믿을 게 없어. 이
놈의 고통, 이 고통은 어째서 한시도 멈추지 않는
지.' 그가 앓는 소리를 내자 차를 가져오려던 표
트르가 되돌아왔다. "아냐. 가서 차를 가져와."

표트르가 방을 나가고 혼자 남은 이반 일리치
는 통증뿐 아니라 절망감에서 우러나는 신음을
내뱉었다. '다 똑같아. 밤이고 낮이고 끝없이 똑
같아. 차라리 빨리 왔으면. 아, 뭐가 빨리 오는 거
지? 죽음이. 어둠이. 아냐, 아냐, 뭐가 되었든 죽

음보다는 낫지.'

표트르가 쟁반에 차를 받쳐 들고 들어오자 이
반 일리치는 누가 무엇 때문에 왔는지 이해하지
못하고 한참 멍하니 하인을 쳐다보았다. 표트르
가 당황하는 모습을 보고서야 이반 일리치가 정
신을 차렸다.

"아, 차를 가져왔군. 좋아. 여기 내려놔. 내가
세수하고 옷을 갈아입게 도와줘."

그는 세수하기 시작했다. 중간중간 쉬어가면
서 손과 얼굴을 씻고 이를 닦고 머리를 빗은 후
거울을 쳐다보았다. 오싹한 기분이 들었다. 창백
한 이마에 성근 머리카락이 찰싹 달라붙은 꼴이
특히 섬뜩했다.

몸뚱이는 더 끔찍한 모습일 것만 같아서 셔츠
를 갈아입는 동안 아예 시선을 주지 않았다. 모
든 채비를 마쳤다. 그는 가운을 입고 담요를 덮
은 다음 안락의자에 앉아 차를 마시려 했다. 잠
시 상쾌한 기분이 드는가 싶었는데 차를 입에 대

는 순간 바로 그 역한 맛과 괴로운 통증이 찾아 왔다. 억지로 다 마시고는 자리에 누워 다리를 쭉 폈다. 표트르를 내보냈다.

늘 이랬다. 작디작은 희망이 반짝 나타나면 바로 거대한 절망감이 밀려왔다. 고통과 절망이 항상 똑같았다. 혼자 남으면 두렵고 서글퍼 누구든 부르고 싶지만, 다른 사람과 함께일 때 오히려 더 절망스럽다는 걸 그는 이미 알고 있었다.

'모르핀이라도 다시 써야 하나. 그렇게라도 다 잊어버리고 싶을 지경이야. 의사한테 뭐든 방법을 생각해 보라고 해야겠어. 이렇게는 안 돼. 견딜 수가 없어.'

한 시간, 두 시간이 그렇게 흘렀다. 현관에서 벨이 울렸다. 의사가 온 모양이었다. 예상이 맞았다. 살집 있는 몸에 기운차고 명랑한 의사는 다 알아서 해결해 줄 테니 아무 걱정 말라는 표정을 짓고 있었다. 이 자리에는 그런 표정이 어울리지 않는다는 걸 의사도 알았겠지만, 아침부터 프록 코트를 입고 왕진을 다니는 사람으로서 늘 지어온 그 표정을 갑자기 지우지 못했다. 의사는 안심하라는 듯 두 손을 힘차게 비볐다.

"춥네요. 날씨가 아주 서늘합니다. 좀 녹여야겠어요." 몸을 녹이는 동안 기다려주기만 하면 다 고쳐주겠다는 투였다.

"자, 좀 어떠십니까?"

이반 일리치는 의사가 '어떻게 지내십니까?'라고 물으려다가 자기도 그건 아니라고 판단해 '지난 밤은 어떻게 보내셨습니까?'라고 바꿔 묻는 것 같다고 느꼈다.

그는 '그런 의미 없는 인사를 건네는 게 부끄럽지도 않다는 말이오?'라고 묻는 시선을 던졌다.

하지만 의사는 그의 시선을 이해하지 못했다.

이반 일리치는 대답했다. "여전히 힘들군요. 통증은 사라지지도, 줄어들지도 않습니다. 어떻게 좀 해주시오!"

"알겠습니다. 나리 같은 환자들은 늘 그렇게

말하지요. 자, 이제 몸이 녹았습니다. 꼼꼼하신 이 댁 안주인께서도 제 체온을 두고 뭐라 하시진 못할 겁니다. 자, 좀 봅시다." 의사가 이반 일리 치의 손을 잡았다.

방금까지의 장난기를 싹 거둔 의사는 근엄한 표정으로 진찰을 시작했다. 맥박과 체온을 재고 여기저기 두들기다가 귀를 대보았다.

이반 일리치는 그 모두가 헛짓거리요, 무의미 한 기만이라는 걸 분명히 알고 있었다. 그런데도 무릎을 꿇고 자기 쪽으로 몸을 구부린 의사가 위 아래로 귀를 가져다 대며 한껏 진지한 표정으로 체조라도 하듯이 자세를 바꿔대자 어느새 마음 이 기울었다. 마치 법정에서 변호사들이 하는 말 이 다 거짓이고 왜 그렇게 거짓말하는지 알면서 도 속아 넘어갔던 것처럼 말이다.

의사가 소파 위에 무릎 꿇은 채 어딘가를 두드 려보는 동안 문간에서 아내의 비단옷이 사각거 리는 소리가 들려왔다. 의사 선생님이 오셨는데 어째서 바로 알리지 않았느냐고 표트르를 질책하는 소리도 들렸다.

아내는 방으로 들어와 남편에게 입을 맞추고는, 일어난 지 벌써 한참 되었는데 미처 몰라서 의사 선생님을 맞이하지 못했다고 변명했다.

이반 일리치는 아내를 머리끝에서 발끝까지 훑어보았다. 흰 피부, 포동포동한 몸, 깨끗한 팔과 목, 윤기 흐르는 머리카락, 생기가 넘쳐 반짝이는 두 눈을. 그는 온 마음을 다해 아내를 미워했다. 살짝 몸이 닿기만 해도 미움이 끓어올라 견디기 힘들었다.

그와 그의 병에 대한 아내의 태도는 한결같았다. 의사가 환자에 대한 태도를 한번 정하면 바꾸지 못하듯, 아내도 남편은 하라는 것을 하지 않는 사람이므로 결국 모두 남편 잘못이고 자기는 사랑하는 마음에서 나무랄 뿐이라는 태도를 고수했다.

"정말 말을 안 듣는답니다! 약도 제시간에 먹

지 않고요. 저렇게 다리를 높이 올리고 누워 있
는 게 제일 문제예요. 해로울 게 분명하잖아요."

아내는 남편이 하인의 어깨에 다리를 올리고
있다고 의사에게 설명했다.

의사는 조롱 섞인 미소를 지었다. '어쩌겠습니
까. 환자들은 그런 멍청한 짓을 생각해 내곤 합
니다. 뭐, 그러려니 해야죠.'라고 말하는 듯했다.

진찰이 끝나자 의사가 시계를 보았다. 아내는
이반 일리치에게 오늘 유명한 의사 한 분을 더
모셨다고, 그분이 미하일 다닐로비치(그 자리에
있는 의사 이름이었다.)와 함께 환자 상태를 살피
고 논의할 거라고 설명했다.

"싫다고 하지 말아요. 다 저 좋자고 하는 일이
니까." 아내는 의미심장하게 말했다. 다 남편을
위해 하는 일이지만 말이라도 그렇게 하여 거부
하지 못하게 한다는 투였다. 이반 일리치는 찡그
린 채 입을 다물었다. 자기를 둘러싼 거짓이 마
구 뒤엉켜 뭐가 뭔지 구분해 내기도 힘들었다.

사실 아내가 남편에게 해주는 일은 모두 아내 자신을 위한 것이었다. 그런데 그렇다고 말을 해버리니 오히려 그대로 믿기가 어려워졌다. 남편은 이를 다시 거꾸로 이해해야 할 상황이었다. 11시 30분에 그 유명하다는 의사가 왔다. 다시 진찰이 이루어졌고 의사들은 환자 앞에서, 그리고 옆방으로 건너가서 제대로 기능하지 못하는 신장이니 맹장이니에 대해 논의했고 예의 엄숙한 표정으로 어떤 치료가 필요할지 문답을 주고받았다. 다만 이반 일리치에게 유일하게 중요한 문제인 삶과 죽음에 대한 질문은 빠져 있었다.

저명한 의사는 근엄하지만 아예 희망이 없지는 않다고 말하는 표정으로 작별 인사를 건넸다. 그리고 이반 일리치가 공포와 희망이 교차하는 간절한 눈빛과 함께 던진 질문, 회복 가능성이 있느냐는 조심스러운 물음에 대해 장담할 수는 없지만 가능성이 있다고 답했다. 그 대답을 듣고 기대에 찬 남편의 눈빛이 어찌나 딱하던지 의사의 왕진비를 지불하려 서재를 나서던 아내는 왈 칵 울음을 터뜨리기까지 했다.

의사가 불어넣은 희망에 좋아졌던 기분은 오 래가지 못했다. 똑같은 그림, 커튼, 벽지, 약병이 있는 똑같은 방 안, 여전한 고통에 시달리는 병 든 몸이 그대로였기 때문이다. 이반 일리치는 끙 끙 앓기 시작했다. 처방받은 주사를 맞고 그는 의식을 잃었다.

눈을 떴을 때는 이미 해질녘이었다. 식사가 나 오자 억지로 고깃국 국물을 조금 마셨다. 다시 똑같은 하루 끝에 밤이 찾아왔다.

7시쯤에 야회복 차림의 아내가 들어왔다. 풍 만한 가슴을 한껏 끌어올린 드레스를 입고 얼굴 에 분을 칠했다. 극장에 간다고 이미 아침에 말 해둔 터였다. 프랑스의 유명한 배우 사라 베르나 르가 러시아에 오는 것인 만큼 이반 일리치가 특 별석에 앉아야 한다고 주장하며 예약해 둔 공연 이었다. 그걸 까마득하게 잊고 있던 이반 일리치의 눈에는 아내의 치장이 거슬렸다. 하지만 그런 공연 관람이 자녀들의 문화적 교양을 위해 필요하다고 특별석을 주장한 게 자신이었기에 못마땅한 마음을 감췄다.

아내는 신나고 즐거우면서도 미안한 듯했다. 옆에 앉아 좀 어떠냐고 물었지만 그건 상대의 답이 중요치 않은, 의미 없는 질문이었다. 아내는 해야 할 말을 바로 시작했다. 자신이야 물론 남편 옆에 있는 것이 좋고 극장에 가고 싶지 않지만 특별석을 잡아둔 데다가 딸과 표도르(신랑감인 예심판사)가 간다는데 둘만 보낼 수는 없지 않느냐는 거였다. 그리고 자신이 없어도 의사의 지시를 꼭 따르라고 당부했다.

"아, 그리고 표도르가 들어와서 인사하고 싶다는데 괜찮죠? 리자도 같이요."

"들어오라고 해."

젊은 몸을 한껏 드러내며 차려입은 딸이 들어왔다. 아버지에게는 그토록 큰 고통을 주는 몸이 딸에게는 뽐낼 거리였다. 젊고 건강하고 사랑에 빠진 딸은 자기 행복을 방해하는 질병, 고통, 죽음 따위는 하나도 용납하지 않을 태세였다.

연미복을 입고 오페라 가수처럼 머리를 다듬은 표도르도 들어왔다. 빳빳한 흰 목깃에 조여 힘줄이 불거진 긴 목 아래 딱 벌어진 가슴, 그리고 꼭 맞는 검은색 바지 안으로 터질 듯 튼실한 허벅지가 보였다. 한 손에 흰 장갑을 바짝 당겨 끼고 있었고 다른 손으로는 모자를 들고 있었다.

중학생 아들도 소리 없이 뒤따라 들어왔다. 새 교복을 입고 장갑을 낀 아이는 왠지 주눅들어 보였다. 눈 밑에 시퍼런 그늘이 져 있었는데 이반 일리치는 짙은 그늘이 뭘 뜻하는지 알았다.

아들은 늘 안쓰러웠다. 잔뜩 겁먹은 채 자신을 동정하면서 던지는 시선이 부담스럽기도 했다. 게라심을 제외하면 자신을 이해하고 불쌍히 여기는 사람은 아들 바샤뿐이라는 생각이 들었다.

모두 자리에 앉더니 다시금 좀 어떠냐고 물었

다. 침묵이 흘렀다. 딸 리자가 엄마를 보며 오페라 안경 얘기를 꺼냈다. 오페라 안경을 누가 어디에 두었는지를 두고 모녀가 잠시 티격태격했다. 분위기가 어색해졌다.

표도르가 이반 일리치에게 사라 베르나르를 본 적 있느냐고 물었다. 이반 일리치는 질문을 이해하지 못해 잠시 머뭇거리다가 자네는 봤느냐고 되물었다.

"네. 오페라 '아드리아나 르쿠브뢰르' 공연 때 보았습니다."

아내는 그 공연에서 사라 베르나르가 특히 잘했다고 맞장구쳤다. 딸은 의견이 달랐다. 사라 베르베르가 얼마나 우아하고 실감 나게 연기하는지를 두고 대화가 이어졌다. 늘 비슷한 그런 대화 말이다.

이야기를 나누던 도중 예심판사 표도르가 이반 일리치 쪽을 보더니 입을 다물었다. 나머지 사람들도 그를 쳐다보고는 마찬가지로 입을 다

물었다. 번득이는 시선을 앞쪽에 고정한 이반 일리치는 못마땅한 기색이 역력했다. 분위기를 바로잡아야 했지만 방법이 없었다. 어떻게든 침묵을 깨야 했지만 아무도 먼저 나서지 못했다. 품위 넘치는 거짓이 갑자기 무너져 있는 그대로의 현실이 드러나는 순간을 모두가 두려워했기 때문이다. 결국 딸 리자가 침묵을 깨고 입을 열었다. 모두가 느끼는 바를 숨기려 했지만 입 밖으로 내고 말았다.

"극장에 갈 거라면 지금 나가야 해요." 리자는 아버지에게 선물받은 시계를 보며 말했고, 약혼자에게 둘만 아는 무슨 의미를 전달하듯 미소 짓더니 옷자락 소리를 내며 일어났다. 모두가 뒤따라 일어나 그에게 인사하고 방을 나섰다.

모두 나가자 이반 일리치는 편안해진 느낌이었다. 거짓도 함께 사라진 덕분이었다. 하지만 통증은 남았다. 여전한 통증, 여전한 두려움이 밀려왔고 더 괴로울 것도, 더 가뿐할 것도 없었다. 점점 나빠질 뿐이었다.

1분, 또 1분. 한 시간, 또 한 시간. 바뀌는 건 없었다. 모든 것이 끝없이 이어졌다. 피할 수 없는 마지막이 더욱 공포스러워졌다.

"게라심을 불러와." 이반 일리치는 표트르에게 지시했다.

9

밤늦게 아내가 돌아왔다. 발끝으로 살금살금 걸
어왔지만 소리가 다 들렸다. 이반 일리치는 눈을
떴다가 서둘러 다시 감았다. 아내는 게라심을 내
보내고 자기가 있겠다고 했다. 이반 일리치의 눈
꺼풀이 다시 움직였다.

"아냐. 당신은 가."

"많이 아파요?"

"똑같아."

"아편을 드세요."

아내는 이반 일리치가 아편을 마시는 걸 보고
방을 나섰다.

새벽 3시까지 괴로운 몽롱함이 이어졌다. 고
통에 시달리는 그를 누군가 좁다랗고 캄캄한 자
루에 깊이 처넣는 듯, 점점 더 깊이 쑤셔 넣으려
하지만 잘 안 되는 듯한 느낌이었다. 그 끔찍한
과정이 힘겹게 이어졌다. 두려운 동시에 아예 바
닥까지 떨어지고 싶기도 했다. 그를 쑤셔 넣는
힘에 저항하다가 순응하기를 반복했다. 그러다
갑자기 굴러떨어지는 듯하면서 정신이 들었다.
게라심이 침대 발치에 앉아 조용히 졸고 있었다.
그는 여전히 긴 양말에 싸인 앙상한 두 다리를
게라심의 어깨에 올리고 누워 있었다. 갓을 씌운
촛불도, 멈추지 않는 통증도 그대로였다.

"게라심, 이제 나가봐." 그가 속삭였다.

"괜찮습니다. 더 앉아 있겠습니다요."

"아냐. 나가봐."

그는 팔을 베고 돌아누웠다. 자신이 너무도 불

쌍했다. 게라심이 옆방으로 가기를 기다렸다가 더 이상 참지 못하고 아이처럼 엉엉 울기 시작했다. 의지할 곳 없는 처지와 극한의 외로움, 사람들의 잔인함, 잔혹하다못해 아예 사라져 버린 것 같은 신 때문에 울었다. '어째서 이렇게 하십니까? 왜 저를 이렇게 만드십니까? 대체 왜 이토록 큰 고통을 주십니까?' 그는 대답을 기다리지 않았다. 대답이 없다는 것, 대답이 있을 수 없다는 것 때문에 또 눈물이 났다. 다시금 통증이 심해졌지만 그는 꿈틀거리지도, 하인을 부르지도 않았다. '그래, 올 테면 와봐! 대체 왜 이러는 거야? 도대체 왜! 제가 신께 뭘 잘못했다고 이러십니까?'

그러다 조용해졌다. 울음뿐 아니라 숨까지 그치고 그는 온 정신을 집중했다. 음성으로 말하는 목소리가 아니라, 내면 깊숙이에서 솟아오르는 마음의 목소리에 귀를 기울이는 듯이.

"무엇이 필요한가?" 그리하여 처음으로 들은 소리는 이런 질문이었다.

'무엇이 필요하냐고? 뭐가 필요하지?' 그는 질문을 되풀이했다. 그리고 답했다. "고통받지 않는 것, 그리고 사는 것입니다."

그리고 다시 집중했다. 통증조차 잊어버릴 정도였다.

"사는 것? 어떻게 사는 것이지?" 마음의 소리가 물었다.

"전에 살던 것처럼 행복하고 훌륭하게 사는 것입니다."

"전에 행복하고 훌륭하게 어떻게 살았지?"

그는 행복했던 삶에서 최고의 순간들을 떠올려보기 시작했다. 헌데 이상한 일이었다. 그 최고의 순간들이 지금은 전혀 다르게 느껴졌다. 어린 시절의 기억을 제외한 모든 것이 그랬다. 어렸을 적에는 진정한 행복이 있었고 그걸 되찾을 수 있다면 그것 하나만으로도 살아갈 수 있을 것 같았다. 하지만 그 행복을 느끼던 사람은 이미 사라졌다. 마치 다른 사람의 추억 같았다.

과거로부터 출발해 현재의 자신까지 기억을 더듬어보자 이전에 기쁘게 여겼던 모든 것이 눈앞에서 녹아버리더니 무의미한 것, 심지어 추악한 것으로 변해버렸다.

어린 시절에서 멀어져 현재에 가까워질수록 기쁜 기억은 더더욱 무의미하고 의문스러워졌다. 법률학교 시절부터 그러했다. 물론 즐거움, 우정, 희망 등 정말로 좋았던 부분도 있긴 했지만, 고학년으로 올라가면서 행복한 시간은 점점 줄었다. 현지사 특임 보좌관으로 일할 때 다시금 좋았던 시간이 나타났다. 한 여자를 사랑했던 추억이었다. 이후로는 모든 것이 뒤섞이면서 행복한 순간이 드물어졌다. 점점 최근으로 다가올수록 자꾸 줄어들기만 했다.

우연히 이루어진 결혼…… 그리고 환멸, 아내 입에서 나던 냄새, 육욕, 위선! 활기 없는 업무, 계속된 돈 걱정. 그렇게 한 해 두 해, 십 년 이십 년이 달라지는 것 없이 흘러갔다. 시간이 흐르며 생기와 활력은 죽어갔다. 나는 산을 오르고 있다고 생각했지만 실은 꾸준히 산을 내려오고 있었구나. 그랬던 거야. 사회적으로 보면 산을 올랐지만 내 안에서는 그만큼씩 삶에서 내려갔던 거야. 이제 다 내려와 죽을 일만 남았구나!

대체 왜 이렇게 되었지? 무엇 때문에? 이럴 수는 없어. 어떻게 삶이 이토록 무의미하고 역겨운 것이란 말인가? 정말로 삶이 그렇다면 왜 죽어야 하는 거지? 이런 고통 속에 죽어야 할 이유가 대체 무엇일까? 뭔가 잘못된 거야.

'어쩌면 내가 잘못 살아온 걸까?'

불현듯 이런 생각이 떠올랐다.

'모든 걸 제대로 해냈는데 그럴 리가 있나? 절대 그럴 리 없어.' 이렇게 그는 삶과 죽음의 수수께끼를 풀 수 있는 유일한 질문을 바로 떨쳐내 버렸다.

'대체 나에게 뭘 바라는 거지? 사는 것? 어떻게 사는 것? 재판을 시작한다는 선언과 함께 법

정에서 흘러가던 그런 삶? 재판이 시작된다, 재판이 시작된다……'

그는 이를 부득부득 갈며 되뇌었다. '그래, 이게 재판이군! 하지만 난 죄가 없잖아! 대체 무엇 때문에?' 그는 벽 쪽으로 돌아누워 단 하나의 생각에만 골몰했다. 도대체 왜 내가 이렇게 끔찍한 상황을 맞은 걸까?

하지만 아무리 생각해도 답이 나오지 않았다. 자신이 잘못 살아온 탓에 이렇게 되었다는 생각이 계속 찾아왔지만, 그때마다 그는 자기 삶에는 아무 문제가 없었다며 그 이상한 생각을 떨쳐냈다.

10

다시 두 주가 지났다. 이반 일리치는 소파에서 일어나려고 하지 않았다. 침대를 마다하고 소파에 누워 있었다. 온종일 등받이를 보고 누운 채 해소되지 않고 이어지는 고통을 외로이 감당했다. 해결될 리 없이 반복되기만 하는 생각을 홀로 이어갔다. 이건 뭘까? 정말로 죽게 되는 건가? 내면의 목소리는 그래, 죽는 거야, 라고 답했다. 이렇게 괴로움을 당하는 이유는 뭐지? 목소리는 이유는 없어, 그냥 그런 거야, 라고 답했다.

여기서 더 나아간 대답은 없었다.

　병이 시작되어 이반 일리치가 처음으로 의사를 찾아갔던 때부터 그의 삶은 서로 반대되는 두 가지 국면으로 갈라졌다. 이 두 국면이 번갈아 나타났다. 이해할 수 없는 무서운 죽음을 기다리는 절망감과 몸의 상태를 주의 깊게 바라보며 느끼는 희망이 그것이었다. 일시적으로 제 기능을 못하고 있는 신장과 맹장이 눈앞에 아른거리기도, 도저히 피해갈 수 없는 끔찍한 죽음이 버티고 서 있기도 했다.

　초기에는 두 국면이 엎치락뒤치락 나타났지만 병이 진행될수록 회복에 대한 생각은 점점 믿기 어려운 환상이 되어갔고, 다가오는 죽음에 대한 인식은 현실적으로 느껴졌다.

　석 달 전과 현재의 자신을 비교해 보기만 해도, 꾸준히 산을 내려오고 있었다고만 생각해도 희망의 가능성은 남김없이 사라졌다.

　소파 등받이를 바라보며 느끼는 외로움, 사람

들로 북적대는 도시와 여러 지인 및 가족들 사이에서 느끼는 외로움, 바닷속에서든 땅밑에서든 어디서도 더 깊어지지 못할 외로움으로 사무치는 시간을 이반 일리치는 과거를 회상하며 버텨냈다. 과거의 장면들이 꼬리에 꼬리를 물고 떠올랐다. 시간상 가장 가까운 최근에서 출발해 가장 오래전 어린 시절로 기억이 흘러가 그 옛날에 멈추곤 했다. 며칠 전에 먹은 삶은 자두로부터 아이 때 먹은 쪼글쪼글한 프랑스산 자두가, 그 남다른 맛이, 크게 베어 물 때 고이던 침이 떠올랐다. 이와 함께 당시 곁에 있던 유모, 형, 장난감도 줄줄이 생각났다.

'이런 짓은 그만하자…… 너무 괴로워.' 애써 다시 현실로 돌아와도 소파 등받이에 붙은 단추와 갈라진 염소 가죽이 눈에 들어오면 다른 기억이 등장했다. '염소 가죽은 비싼데도 금방 망가져. 그것 때문에 싸움이 난 적도 있지. 아, 다른 염소 가죽도 있었군. 아버지 서류가방을 우리가 찢어놓았잖아. 벌을 받고 있었는데 어머니가 만두를 가져다 주었지.' 다시 아이였을 때로 기억이 흘러갔고 이반 일리치는 다시금 괴로워졌다. 그는 다른 생각을 하려 애썼다.

이런 기억의 흐름과 함께 또 다른 기억, 병이 어떻게 깊어졌는지에 대해서도 되짚어갔다. 여기서도 먼 과거로 돌아갈수록 삶에 생기가 넘쳤다. 선량함도, 활력도 더 충만했다. 두 기억이 합쳐지기 시작했다. '병의 고통이 점점 더 심해졌듯 내 삶도 점점 나빠졌군.' 이반 일리치는 생각했다. 삶이 시작되던 먼 옛날 그곳에는 밝은 점 하나가 있었지만 그 점은 점차 어두워졌고, 어두워지는 속도는 점점 더 빨라졌다. '죽음과 가까워질수록 더더욱 빨라지는군.' 그는 생각했다. 갈수록 빠른 속도로 추락하던 돌덩이가 영혼 깊은 곳으로 굴러떨어졌다. 삶도, 커져만 가는 고통도 끝을 향해 점점 빠르게 돌진했다. '내가 떨어지고 있구나…….' 그는 흠칫 놀라 몸부림치며 저항하려 했다. 하지만 저항할 수 없음을 이미 알고 있었다. 앞을 쳐다보기조차 지쳤다. 눈앞에 있으니 보지 않을 수도 없어 등받이를 바라보며 기다렸다. 무서운 추락, 충격, 파멸을 기다리고 또 기다렸다. '저항은 불가능하다. 그래도 이유는 알 수 있지 않나? 그마저도 안 되고 있잖아. 잘못 살았다고 하면 설명이 되겠지. 하지만 내가 그랬을 리는 없어.' 그는 바르고 품위 있게 살아온 자기 삶을 생각하며 반박했다. '맞아. 내가 그랬을 리는 없다고.'

그는 입술을 삐죽거렸다. 누군가에게 미소를 보이기라도 하듯이. '설명이 안 돼! 이 고통과 죽음은 대체 무엇 때문이지?'

다시 두 주가 지났다. 그사이 이반 일리치와 아내가 바라던 일이 일어났다. 예심판사 표도르가 딸 리자에게 청혼한 것이다. 청혼이 저녁에 이루어졌으므로 아내는 다음 날 아침에 어떻게 소식을 전할까 생각하면서 남편 방으로 들어갔다. 하지만 밤 사이에 이반 일리치는 새로운 악화 증세를 보였다. 여전히 소파에 누워 있었지만 자세가 달라졌다. 위를 보며 똑바로 누워 시선을 천장에 고정한 채 신음을 토하고 있었다.

약 이야기를 꺼내던 아내는 이반 일리치가 자신을 돌아보자 말을 차마 마치지 못했다. 증오가 가득한 시선이었던 것이다. "제발 입 좀 다물어. 조용히 죽을 수 있게 해줘."

아내가 방을 떠나려던 순간 딸 리자가 들어왔다. 그는 아침 인사를 하러 다가오는 딸 역시 아내를 보듯 혐오스럽게 바라보았다. 좀 어떠시냐는 물음에 곧 모두를 해방시켜 주겠다고 냉랭하게 답했다. 모녀는 입을 다물고 잠시 앉아 있다가 나갔다.

"우리가 뭘 잘못하기라도 했다는 건가요? 우리가 아버지를 아프게 한 건 아니잖아요! 저도 아버지가 안타까워요. 우리를 왜 이렇게 괴롭히시는 걸까요?" 딸이 말했다.

늘 오던 시간에 의사가 도착했다. 이반 일리치는 여전히 증오 어린 시선으로 '네, 아니오'로만 일관하다가 마지막에 덧붙였다. "아무것도 도와줄 수 없다는 걸 선생님도 알 테죠. 날 그냥 내버려둬요."

"고통을 덜어드릴 수 있습니다."

"그것도 하지 못하고 있지 않소. 날 그냥 내버려두라니까." 의사는 방을 나가 아내에게 상태가 위중하며 이제 아편으로 극심한 고통을 줄여주는 것 외에 달리 할 수 있는 일은 없다고 말했다.

몸의 고통이 극심하다고 하는 의사의 진단은 옳았다. 하지만 몸보다도 마음이 고통스러웠다. 이반 일리치의 괴로움은 주로 거기서 기인했다.

그 마음의 고통은 간밤에 게라심의 광대뼈 도드라지고 선량한 얼굴, 졸음기 가득한 그 모습을 보면서 불현듯 시작되었다. 정말로 그의 인생이, 평생 자부해 온 그 삶이 제대로 된 것이 아니라는 생각이 들고 말았다.

그전까지 절대 그럴 리 없다고 부인해 왔지만, 그가 평생 제대로 살지 못했다는 끔찍한 의심이 어쩌면 사실일지 몰랐다. 최고위직 분들이 좋다고 여기는 것에 저항하던 어렴풋한 마음, 어렴풋이 떠오르자마자 그가 밀쳐버린 그 마음만이 제대로인 것이고 나머지는 다 가짜라는 생각이 들었다. 업무도, 삶의 방식도, 가족도, 사회와 직장의 이해관계도 모두 제대로 된 것이 아닐지 몰랐다. 그는 이 모두를 변호해 보려 했다. 하지만 하나같이 별 볼 일 없게 느껴졌다. 무엇 하나도 변호할 수 없었다.

'정말 그렇다면…… 그리하여 내게 주어진 걸 모두 다 망쳐버렸지만 바로잡을 길은 없다고 생각하며 세상을 떠나야 한다면 어쩌지?' 그는 똑바로 누워 새로운 관점으로 자기 평생의 삶을 되짚었다. 그날 아침 자신이 본 하인, 아내, 딸, 의사의 행동과 말 하나하나는 간밤에 깨달은 진실을 소름끼치도록 정확히 확인시켰다. 거기서 자신을, 자신이 살아온 모습을 보았고 그 모두가 잘못되었음을, 삶과 죽음을 가려버리는 크나큰 거짓이었다는 사실을 분명히 알 수 있었다. 마주한 진실이 몸의 고통을 열 배는 더 힘들게 만들었다. 그는 신음하며 몸부림치고 옷을 쥐어뜯었다. 옷이 자기를 억누르고 숨통을 조이는 것 같았다. 이 끔찍한 기분은 모두를 향한 증오로 이어졌다.

대량의 아편이 투입되었고 그는 정신을 잃었다. 하지만 식사 시간이 되자 같은 일이 다시 벌어졌다. 모두를 내보내고 그는 홀로 몸부림쳤다.

아내가 다가와서 말했다. "여보, 날 위해서 그걸 해줘요. 해로울 건 없고 도움이 된다고들 하잖아요. 별거 아니에요. 건강한 사람들도 자주……"

그가 눈을 크게 떴다. "뭐? 병자성사 말인가? 왜? 필요 없어. 하지만……"

아내가 울기 시작했다.

"그렇게 해줘요. 우리 신부님을 모셔올게요. 아주 좋은 분이에요."

"좋아. 그러자고."

사제에게 참회를 하고 나자 마음이 한결 편안해졌다. 의혹과 그로 인한 고통이 가벼워지는 듯하면서 희망의 시간이 찾아왔다. 다시 맹장과 맹장 치료에 대해 생각하기 시작했다. 그는 두 눈에 눈물을 가득 글썽이며 영성체를 했다.

성사를 마치고 자리에 누운 그는 잠시 몸이 가벼웠고 삶에 대한 희망이 솟아났다. 의사들이 권했던 수술이 생각났다. '살고 싶어, 살고 싶어.' 그는 생각했다. 아내가 오더니 늘 하는 인사말 뒤에 "봐요, 좀 나아졌죠?"라고 덧붙였다.

그는 아내 쪽을 보지도 않고 그렇다고 대답했다.

아내의 옷, 체격, 표정, 말소리 등은 그에게 단 한 가지만을 알려주었다 '이건 아니야. 네가 살았던 모습, 살고 있는 모습은 하나같이 거짓이고

가짜야. 삶과 죽음이라는 걸 가리고 있다고.' 그
렇게 생각하자마자 증오가 치밀며 몸의 고통이,
피할 수 없이 다가온 파멸의 고통이 들이닥쳤다.
사지가 뒤틀리며 찌르는 듯한 통증에 더해 숨이
막히는 새로운 증세였다.

다시 한번 "그래."라고 대답할 때 그가 지은
표정은 무시무시했다. 그 표정으로 아내를 똑바
로 노려본 그는 환자답지 않게 빠른 속도로 몸을
뒤집어 엎드린 채 고함을 질렀다. "나가! 다 나
가! 날 내버려둬!"

11

그 순간부터 시작되어 사흘 동안 끊임없이 이어
진 비명은 방문 두 개를 지나서도 들려올 정도로
끔찍하고 처절했다. 아내에게 "그래."라고 대답
한 순간, 그는 자신이 굴러떨어져 버렸다는 것,
돌이킬 방법은 없다는 것, 마지막, 진짜 마지막
이 왔지만 의혹은 해결되지 못하고 그대로 남아
있다는 사실을 알았다.

"악, 아악! 아!" 비명은 높았다 낮아지고, 작았
다 커졌다. "싫어!"라고 시작된 비명에서 마지막

'어' 소리가 한참 이어졌다.

그 사흘 동안 그에게는 시간이 존재하지 않았고, 보이지 않는 불가항력의 힘이 쑤셔 넣는 대로 검은 자루 속에서 버둥거릴 뿐이었다. 구원받을 방법이 없다는 걸 알면서도 몸부림쳤다. 사형을 언도 받은 사람이 사형수의 손아귀 아래에서 몸부림치듯이. 하지만 아무리 저항해 봐도 한없이 두려운 죽음에 점점 가까워지기만 한다는 걸 매 순간 느꼈다. 검은 구멍 속으로 빨려 들어가는 것이 고통스러웠지만 스스로 기어들어갈 수 없다는 건 절망스러울 지경이었다. 그 자신의 삶이 훌륭했다는 생각이 어둠 속으로 기어들어가지 못하도록 막고 있었다. 자기 삶에 대한 정당화가 그를 옭아매 앞으로 나아가지 못하게 막았고 이것이 가장 고통스러웠다.

갑자기 어떤 힘이 그의 가슴과 옆구리를 밀치고 숨통을 조였다. 그는 구멍 안으로 굴러떨어졌다. 저 멀리 구멍 끝에서 무언가 반짝 빛났다. 앞으로 간다고 생각했던 기차가 실은 후진하고 있다는 것을 갑자기 깨닫는, 그런 일이 일어나고 있었다.

'그렇군. 모든 게 제대로 되지 못했어. 하지만 괜찮아. 하나만 하면 돼. 그 하나가 뭐지?' 그는 자문하다가 갑자기 입을 다물었다.

사흘째 되는 날이 저물 무렵, 그가 죽기 한 시간 전이었다. 중학생 아들이 조용히 들어와 아버지 곁으로 다가왔다. 죽어가는 이는 절망적인 비명을 내지르며 두 팔을 마구 흔들었다. 그 손이 아들 머리에 닿았다. 아들은 아버지의 손을 잡아 입술에 가져다 대고 울음을 터뜨렸다.

그 순간 이반 일리치가 굴러떨어져 빛을 보았다. 그의 삶은 제대로 된 것이 아니었지만 아직 그것을 바로잡을 수 있었다. '그것'이 뭘까. 그는 스스로에게 물은 뒤 가만히 귀 기울였다. 불현듯 누군가 자기 손에 입을 맞추는 것을 느꼈다. 눈을 뜨니 아들이 보였다. 불쌍했다. 아내가 다가

왔다. 입을 크게 벌리고 코와 뺨으로 눈물을 주룩주룩 흘리는 모습이었다. 아내도 안쓰러웠다.

'내가 괴롭히고 있구나. 안됐어. 그래도 내가 죽고 나면 괜찮아질 거야.' 그는 그 말을 하고 싶었지만 입을 열 힘조차 없었다. '말이 뭐 필요해. 행동으로 보이면 될 것을.' 그는 생각했다. 아내에게 눈짓으로 아들을 가리키며 속삭였다.

"내보내…… 불쌍해…… 당신도……" 그리고 '미안해'라고 덧붙이려 했지만 "그만해."가 되고 말았다. 고쳐 말할 힘이 남지 않아 손만 저었다. 필요하면 알아듣겠지.

그러자 지금껏 그의 안에 갇혀 그를 괴롭히던 것이 두 방향으로, 열 방향으로, 사방으로 쏟아져 나왔다. 모든 것이 분명했다. 가족들이 불쌍하다. 더 이상 아프지 않게 해줘야 해. 이 고통에서 그들이, 내가 벗어나야 해. '이 얼마나 좋고 얼마나 간단한가.' 그는 생각했다. '그런데 통증은? 어디로 갔지? 이봐, 어디 있는 거야?'

귀를 기울였다.

'아, 여기 있었군. 괜찮아. 그대로 있으라고 해.'

'죽음은? 죽음은 어디 있지?'

죽음에 대해 느껴오던 익숙한 공포를 찾아보았지만 찾을 수 없었다. 죽음은 어디 있지? 어떤 죽음이지? 죽음이 없었으므로 이제 그 어떤 두려움도 없었다.

죽음 대신 빛이 있었다.

"아, 이거구나!" 그는 갑자기 소리쳤다. "이렇게 기쁠 수가!"

이 모든 일이 한순간에 일어났고 그 순간 발견한 의미는 더 이상 바뀌지 않았다. 곁에 있던 사람들 눈에는 두 시간 정도 고통이 더 이어지는 것처럼 보였다. 환자의 가슴에서 무언가 부글거렸다. 뼈만 앙상한 몸이 경련을 일으켰다. 부글거리는 소리, 긁는 듯한 숨소리가 조금씩 잦아들었다.

"다 끝났습니다!" 누군가 그의 위쪽에서 말했다.

그 말을 들은 이반 일리치가 속으로 되뇌었다. '죽음이 끝났군. 이제 죽음은 없어.'

그는 숨을 들이마시다가 그대로 멈추고 몸을 쭉 뻗더니 죽었다.

죽음과 마주하기

레프 톨스토이의 《이반 일리치의 죽음》(1886)
은 45세인 판사 이반 일리치가 죽음을 맞는 이
야기다. 이렇게 요약하면 참으로 간단하다. 하지
만 이 작품은 우리 모두 예외 없이 맞이하게 될
죽음, 하루하루 우리에게 다가오고 있는 죽음을
여러 인물의 시선으로 바라보도록 만든다는 점
에서 길고 오랜 여운을 남긴다.

***

첫 장에서 가장 먼저 펼쳐지는 장면은 이반 일리치의 죽음을 마주한 주변 인물들의 모습이다. 직장에서 그와 가까이 지내던 판사들은 부고를 듣자마자 이반 일리치의 자리를 누가 차지하고 뒤이어 어떤 인사이동이 이어질지 떠올린다. 문상객을 맞는 이반 일리치의 아내는 나라에서 보상금을 얼마나 받을 수 있을지에 신경이 쏠려 있다. 바로 곁에서 죽음을 마주했음에도 그 죽음은 어디까지나 '남의 일'일 뿐이다. 문상을 가고 추도식에 참석했던 이반 일리치의 '친우'는 즐거운 카드놀이에 끼기 위해 서둘러 자리를 뜬다.

죽음을 '남의 일'로 보았던 것은 이반 일리치 자신도 마찬가지다.

키제베터 논리학을 공부할 때 접했던 3단 논법, 즉 '카이사르는 사람이다, 사람은 죽는다, 그러므로 카이사르도 죽는

다.'라는 것은 평생 카이사르의 문제라
여겼지 그의 일이라고는 꿈에도 생각지
않았다. 카이사르는 평범한 인간이니 죽
는 게 당연하지만 이반 일리치 자신은 카
이사르가 아니었다. 그는 평범한 인간이
었던 적이 없었다. 늘 남과 다른 특별한
사람이지 않았나.

하지만 이반 일리치는 '자기 일이라고는 꿈에
도 생각지 않았'던 그 죽음과 대면하고 만다. 병
이 시작된 후 의사들을 찾아다니면서 나아지리
라는 희망을 버리지 않았으나 죽음은 성큼 다가
온다. 죽음과의 만남은 한없이 외롭다. 아무도
죽음을 입에 올리지 않아서, 죽어가는 이반 일리
치를 이해하지 못해서 그렇다. 의사들은 병이 어
디서 온 것인지 진단하는 데 골몰한다. 아내는
이반 일리치가 제대로 치료를 따르지 않는다고
잔소리를 늘어놓는다. 몸의 고통이 날로 심해지

면서 이반 일리치는 스스로 죽음을 인정하고 죽음과의 대화를 시작할 수밖에 없다. 이때부터 독자들도 마치 이반 일리치가 된 듯 죽음의 과정을 생생하게 경험하기 시작한다.

***

그 죽음의 과정을 관통하는 개념은 '거짓'이다.

이반 일리치를 가장 괴롭히는 것은 거짓이었다. 그가 그저 아플 뿐이지 죽어가는 게 아니라는, 잘 쉬면서 치료받으면 다시 건강해질 거라는, 모두가 거짓인 줄 알면서도 아닌 척하는 그 거짓 말이다. 무슨 짓을 하든 나아질 리 없고 결국 고통이 심해지다가 죽음에 이르리라는 걸 이반 일리치는 이미 알고 있었다. 모두가 알고 이반 일리치마저 아는 그 사실을 인정하지 않고 병세에 대해 거짓으로 꾸며대 환자까지도 그렇게 생각하도록 만들려는 그 거짓, 죽음을 목전에 둔 자신 앞에서 벌어지는 거짓, 이 공포스러우면서도 엄숙한 죽음을 문병이니 커튼이니 철갑상어 요리 같은 사소한 수준으로 격하시켜야만 한다는 생각에서 나온 거짓이 이반 일리치는 너무도 괴로웠다.

거짓은 여기서 그치지 않는다. 이반 일리치 자신도 거짓에서 벗어나지 못한다. 자기 삶이 품위 넘치며 훌륭했다고 믿는 거짓, 어린아이처럼 보살핌받고 싶은 간절한 마음을 숨기는 거짓…….
죽음의 순간이 가까워지며 이반 일리치는 자기 삶이 거짓으로 가득했음을 비로소 깨닫는다. 그리고 자기를 이해해 주지 못한다고 증오했던 가족을 불쌍히 여기기 시작한다. 고통과 공포가 사라지고 죽음 대신 빛이 찾아오며 숨을 거둔다.

***

이 작품에는 죽음을 '남의 일'로 보지 않는 유일한 존재, 이반 일리치를 불쌍히 여기고 진심으로 돌봐주는 유일한 존재가 있다. 바로 농민 출신 하인 게라심이다. 교육을 받은 인물도, 사회에서 인정받는 일을 하는 인물도 아니지만 게라심은 죽음을 '모두가 결국 거기 가야' 하는 일로 자연스럽게 여기고 살아 있는 동안 할 수 있는 일에 최선을 다한다. 민중에게서 지혜와 구원을 찾는 톨스토이의 특성이 이 작품에서도 어김없이 나타나는 것이다.

***

《이반 일리치의 죽음》은 발표 후 140년이 흐른 오늘날에도 여전히 유효한, 아니, 인간이 필멸의 존재인 한 영원히 유효할 여러 질문을 던진다.

　- 당신은 삶과 죽음을 어떻게 바라보고 있는가?

　- 죽음 앞에서 돌아보게 될 당신의 삶은 어떠

한가?

– 죽음을 어떻게 마주할 것인가?

이 질문들은 죽음을 사전 연습시킨다. 그리고 더 나아가 어떻게 살 것인가를 고민하게 한다.

***

톨스토이는 58세에 이 작품을 발표했다. 번역가인 나와 엇비슷한 나이다. 작가가 가까운 이들의 죽음을 여럿 지켜보았듯 나도 여러 차례 영원한 이별을 했다. 그렇게 떠나보내고 나면 한동안 죽음을 염두에 두고 살지만 얼마 지나지 않아 다시 하루하루에 휘말려 죽음을 잊고 만다. '남의 일'로 여기고 만다. 이제는 삶이 고달플 때, 왜 사는지 의문스러울 때 이 작품을 다시 읽어보려 한다. 그리고 죽음에 이르기까지 남은 날들을 어떻게 채워나갈지 다시 생각하려 한다.

이상원

실존과 경계 시리즈 05
이반 일리치의 죽음

초판 1쇄 발행 2025년 6월 25일

지은이 레프 톨스토이
옮긴이 이상원
펴낸이 이혜경
기획·관리 김혜림
편집 변효정, 박은서
디자인 여혜영
마케팅 양예린

펴낸곳 니케북스
출판등록 2014년 4월 7일 제300-2014-102호
주소 서울시 종로구 새문안로 92 광화문 오피시아 1717호
전화 (02) 735-9515
팩스 (02) 6499-9518
전자우편 nikebooks@naver.com
블로그 blog.naver.com/nikebooks
페이스북 facebook.com/nikebooks
인스타그램 (니케북스) @nike_books
            (니케주니어) @nikebooks_junior

ⓒ 니케북스 2025

ISBN 979-11-94706-15-1 02890

이상원

서울대학교 가정관리학과와 노어노문학과를 졸업하고 한국외국어대학교
통번역대학원에서 석사와 박사 학위를 받았다. 서울대학교 기초교육원 강
의 교수로 글쓰기 강의를 하고 있다. 《적을 만들지 않는 대화법》, 《아버지
와 아들》, 《짧고 굵게 읽는 러시아 역사》 등 90여 권의 책을 우리말로 옮
겼다. 저서로는 《매우 사적인 글쓰기 수업》, 《서울대 인문학 글쓰기 강의》,
《번역은 연애와 같아서》, 《엄마와 함께한 세 번의 여행》, 《나를 일으키는
글쓰기》 등이 있다.